君臨天下

上篇

雙木王 著

序言

撰寫一本書，一直是我人生歷程中渴望實現的夢想之一。這個念頭在我心中孕育多年，卻一直在思考應該如何書寫，又應該寫些什麼。

受到過去三年疫情影響，生活變得相對寧靜，工作也不再那麼繁忙。與此同時，可能是因為疫情的原因，我在二零二三年過年期間眼睛出現了問題，跑了多家醫院才找到適合的治療方式，躺在床上整整一個月，眼睛才漸漸康復。在這段臥病的日子裡，我仔細思考了自己內心想要寫下的內容，慢慢找到了一個方向，決心將自己的經歷、想法、理解以及一些道理付諸文字。

在本書寫作過程中，我每天投入四五個小時的時間專心寫作。白天辛勤工作後，夜晚安心坐下寫作，每日如此堅持。經過數月的努力，這本書終於寫成，並開始進行校對，我心中不禁激動萬分。儘管書中的內容並不深奧，卻希望能分享一些想法給有緣人。

在此我要感謝協助校對的朋友，以及給予我巨大幫助的親人們。母親在佛教講解及理念方面多次給予我啟示，在這幾個月中她給予了我不少開導。老家的姑姑嬸嬸們有的給予我鼓勵，有的給予我指導，有的幫忙校對，有的與我深入討論，她們在這本書寫作的過程中給予了我巨大的支持，實在是令人感慨萬分。尤其是每寫完幾個章節，我都會將內容傳給她們閱讀。她們仔細閱讀，細心評論，同時對這本書的知識表現出無盡的興奮。或許正是在寫作過程中親人之間互相激勵、交流理論和想法，這本書才能夠成功。這一切都離不開親人們的支持。

這是我第一次嘗試寫書，如有不當之處，還請讀者見諒。

二零二四年 春
寫於香港

目錄

上篇

第一章 ❀ 一人在山上

「小朋友，現在早上六點，你怎麼獨自在這山頭呢？」一個穿著像和尚一樣的灰色長袍，看起來年約四十歲的光頭中年男人，正在好奇地問一個大約七歲的小孩。

這個小孩名叫顧君，是山下顧家村的一個小孩，他個子不高，看起來瘦瘦黑黑的，還有一對先天遺傳的小兔牙。顧家村位於華國東南部沿海，是一個小村莊，有一百多戶都姓顧，世代以務農為生。因為土地貧瘠，山多坡少，村民過著經濟拮据的生活。一些村民寧願離鄉別井到省城打工，甚至有些人甘願冒著極大風險，漂洋過海到遍地黃金的港島去尋找工作機遇，因此有些家庭只剩下一些婦女和小孩，後來華國政府稱這些人為「留守家庭」。

顧君兩歲的時候，華國剛經歷完一系列的政治動盪，整個社會都在韜光養晦，顧君的父親不忍心家人再次經歷饑荒，所以他毅然離鄉別井到港島謀生。家裡剩下母親、兩個姐姐和妹妹，顧君從小就成為了家裡唯一的男丁。雖然他們家境貧窮，但家中所有女性成員皆甘願犧牲自己的一切，努力讓年紀還小的顧君過上較好的生活。他從小希望變得強大，改善家裡的生活。然而，一個年紀小小的顧君要如何在環境極為惡劣的情況下變得更強呢？

有一天，他在家裡找到了一本破舊的《少林羅漢拳拳譜》，令他有如獲至寶般高興，立刻嘗試跟著書上的圖示練習。由於早上七點半要上學，所以他總是六點就起床，跑到家附近的這個小山頭練習這少林羅漢拳。

這天，正當顧君使勁揮拳時，他突然聽到身後傳來一把詢問的聲音，回頭一看，只見一個中年人。顧君看著他，很認真的回答：「我不是在亂舞，我這是在練武！」那中年人穿著一件破爛的灰色長袍，上面還有一些污垢，皮膚黝黑、身材瘦削。他好奇地問：「你是誰？你是從哪裡來的？」

那中年和尚沒有回答他的問題，只是一臉饑餓的樣子，看了一下地上裝著地瓜的袋子，說：「你可以把那些地瓜給我嗎？」

顧君心中一動，看著這個中年男人，感受到他的困苦和飢餓。他想到自己家中雖然貧困，但母親教導他們要樂善好施，幫助那些有需要的人。「拿去吧，吃吧！」他慷慨地說。

中年男人聽到顧君的話，臉上露出感激之情。他接過地瓜後，便開始狼吞虎嚥地食用，連皮帶肉一起吃下。或許是因為太急切，他中途還咳嗽了幾聲。

「我是一個苦行僧，我的名字叫做濟生，來自南河省，我已經在華國流浪了十年。

我已經三天三夜沒吃過東西了，謝謝你的地瓜。」濟生看著眼前的小孩說道。

「沒事，你慢慢吃。」顧君雖然年紀小，但非常懂事。

大約過了十分鐘，那個男人吃完了地瓜，顧君把手裡的水也遞了給他說：「你喝點水吧。」

那男人接過了水，喝了兩口，又看了一下顧君，把整瓶水都喝光了，拍了拍肚皮感激地對顧君說：「謝謝你！小朋友。」

第二章 ❈ 龍山寺（一）

「我能叫你濟生嗎？那你走過了這麼多年，你現在有什麼打算呢？」顧君好奇地問道。

濟生看著顧君，覺得這孩子年紀小小的竟然問得挺成熟，便回答道：「嗯，暫時沒有特別的打算，我聽我以前的師父說，這裡附近有個很出名的寺廟，叫龍山寺，和我以前南河省的師門有點關係，我想去拜訪一下。」

「我伯伯是龍山寺的老師。寺裡後院有一間中小學，為村裡的孩子提供基礎教育。您想見我伯伯嗎？」顧君平靜地回答道。

濟生連忙說：「我不是要見你伯伯。那裡有位老和尚是我南河省師父的師弟，我得去拜見他。」

顧君思考了一下，問濟生道：「明白了，您先去看看吧。明天早上您還會在這裡嗎？我每天早上都在這裡，希望能夠好好練習少林羅漢拳。」

濟生皺了皺眉頭，跟顧君說：「你這樣練沒什麼用，而且你現在練的方式是錯誤的，這樣會傷害你自己的身體。」

顧君立刻看著他說：「這本秘笈是我爸爸留給我的，他曾經告訴我這是他的老朋友高人送給他的，不會有錯，我只要按照這本書練習，就能變得強大。」

濟生看了一眼書，一臉正經地說：「書是沒錯，功法也沒問題，但是你練習方法錯了。」

顧君心裡想：你怎麼知道呢？於是他不假思索地說：「您怎麼知道呢？您會嗎？您可以給我示範一下，怎樣練習，怎麼出招？」

濟生看了他一眼，說：「本來我是不能隨便告訴他人的，不過我吃了你的地瓜，我們之間有緣分，我給你稍微展示一下吧。」
說完，他整理了一下自己的灰色長袍，立刻演練起正宗的少林羅漢拳。
顧君可以感覺到濟生的一招一式，令他頓時變得驚嘆不已。濟生的動作非常清晰，拳拳有力，剛柔並濟，且非常灑脫。顧君終於明白自己學藝未精，練武能力的不足。
濟生演繹完這套少林羅漢拳後，顧君立刻跪在濟生面前說：「請您教教我吧！我真的很希望能學好，我一定會努力學習。我每天都會為您準備好早餐。」
濟生一臉沉重、認真地說：「你先告訴我，你學習拳法的原因是什麼？」
這問題在顧君的心裡已經思考了好幾年：「其實很簡單，我希望變得強大，能夠幫助我的家裡改善生活，改變這個村子人們的生活，這個想法可能很遙遠，但是我真心希望能實現。」
濟生看著眼前的小孩，雖然他只有七歲，但想法和他自己現在所做的事情卻是一樣。他苦行的目的是為了什麼？普渡眾生是多麼的難！然而，濟生並未立即回答。
濟生靜默片刻，低頭跟顧君說：「今天在這裡見到你，吃了你兩個地瓜，或許這是我們之間的緣分。這樣吧，我先去龍山寺探望我師叔，明天早上六點鐘，我還在這裡見你，你現在先告訴我一下如何去龍山寺，可以嗎？」他伸出右手扶起顧君。
「沒問題。」顧君馬上回答，充滿興奮地說：「我甚至可以帶您去。」

「不用，你告訴我方向在哪就行了。」濟生說。

「沒問題。」顧君舉起手指指向東南方，說道：「您從這邊向著這個方向走過去，沿著田地，大概二十分鐘就能到達。明天早上我一定會在這裡等您，師父，您一定要來，我一定會為您準備好早餐。」

顧君立刻改稱濟生為師父，因為在他的觀念中，如果濟生願意教他功夫，那肯定是要拜他為師。

「好的，放心吧。順便說一句，我並不是你的師父，你得讓我去拜見龍山寺的師叔，請示他。到時候我還可能要帶你去見師叔。」

「沒問題，您怎麼說都可以。只要您能教我剛才的功夫，讓我變得強大就好。」

顧君心裡認為尊師重道非常重要，所以他恭敬有加，心中渴望早日精通少林羅漢拳。

第三章 ❈ 龍山寺（二）

濟生按照顧君的指示，終於找到了偏僻隱蔽的龍山寺，見到了師叔虛木。他向師叔講解了自己過去十多年的苦行經歷及心得，並且提及了顧君一事。師叔告訴濟生，明天早上讓他帶顧君來見面。師叔認為收徒是一個嚴肅的決定，傳授真正的武學和修行都需要經過慎重考慮，並不只是考慮家庭背景，更要看小孩的佛根性、品性、筋骨和天分。

濟生心中明白，他修行了近二十五年，但他在二十五歲時，師父曾告訴過他天分有限，需要靠後天努力才能有所進步，而他現在的修行境界也已經停滯近五年了。

三十歲的他決定外出苦行，希望透過遊歷獲得一些啟示及機緣，提升自己的境界。師父當然同意他的決定，並讓他經過海安鎮時，到龍山寺拜訪他的師弟，也就是師叔虛木，希望師叔能給他指點迷津。

濟生師父也告訴他，師叔的天分比自己高，現在是個不問世事的高人。可當年他師叔離開門派後，心懷天下，應某華國將軍的號召去做他的近身侍衛，保護那位將軍的安全。

師父曾告訴濟生，師叔當年的修行非常高深，並有廣大慈悲的心懷，真心願意拯救眾生。師父也再三叮囑濟生要好好請教師叔，希望能為濟生指點一條更好的修行之路。濟生下定決心，一定要有機會見到師叔，向他好好請教。

現在他們終於見面了，虛木大致瞭解了濟生目前的修行情況。

虛木對濟生說：「如今這個佛法不盛的時代，堅持修行變得非常困難。你能夠堅持這十多年的苦行，心境上已得到很大的改善，為境界提升打下了紮實的基礎。由於你的筋骨和天分的限制，使你在修行的過程中比天分高的人慢，但你要記住，修行本無涯，不必太執著於時間。就你目前的情況來說，已經算是相對不錯的狀態了。佛法廣大無邊，但我們既修佛又修法，法是佛的手段之一，並不是真正達到的最終境界目標。只有當我們對佛修的心態越深入，對法的修習境界也才會提升。當然，有些人佛修的境界相對較高，那是因為他們的天分與佛緣關係是難以想象的。就像我們的佛祖一樣，是一個虛空的存在。所以你要記住，不要強求境界的修為。佛根性的開發不是透過強求，而是隨緣自在。」

「明天你帶那個小孩給我看看吧，到時候我再觀察他是否與我佛有緣，我們再做決定吧。」說完，師叔讓濟生去休息了。

濟生感激地點頭，表示明白師叔的教誨。他知道自己已經取得不錯的成就，但修行是一條漫長的路，他必須持之以恆、隨緣而行。他期待明天能與師叔一同見識顧君這位小孩，並希望能為自己找到一條更好的修行之路。濟生充滿信心地離開師叔的房間，準備迎接未來的挑戰。

第四章 ❖ 龍山寺（三）

話說回來，顧君送走濟生後，心裡非常興奮，並立即收拾了東西，也將那本殘破的《少林羅漢拳拳譜》收入袋子裡。由於他還沒有吃早飯，回到家裡看到鍋裡只剩下四顆地瓜，知道他的兩個姐姐、妹妹和媽媽也還沒吃早飯，所以他只拿了一個地瓜。喝了一大杯水填飽肚子，立即拿起書包去上學。

顧君父親在港島打工，很少回鄉探親，所以顧君對他的近況不太清楚。他聽媽媽說父親在港島的生活並不理想，沒有太多餘錢可以寄回來，而且一直是在寄人籬下！顧君為父親感到悲傷，心裡暗暗發誓要儘快變得強大，改善家裡的生活。

這天顧君上學的時候心不在焉。他不知道濟生去了龍山寺之後是否真會回來找他呢？會否收他做徒弟呢？會否教他功夫？其實，大人們肯定不會允許顧君去跟流浪漢學功夫。因為他們認為從北方來的人經常會用各種藉口拐走小孩，所以顧君也不敢告訴媽媽，以免引起她的擔心。他整天心神不寧，幾乎無法專心上課。

下午回家時，顧君摸著自己的頭跟媽媽說：「明天早上可不可以為我準備多兩個地瓜呀？我昨天吃得不太飽。」

他媽媽看著他，心疼地說：「兩個不夠飽？那你早點說呀，媽媽幫你多準備兩個，好不好？還有，你別老是往山上跑呀。」

顧君心裡尋思：當濟生來的時候，我可以給他兩個地瓜吃，他也許會收我做徒弟。顧君有兩個姐姐和一個妹妹。大姐十一歲，二姐九歲，而妹妹只有五歲。他每天負責幫妹妹簡單梳洗，與她一起上床睡覺。五個人擠在木屋裡的一張大床上，雖有點擁擠，但感覺非常溫暖。

當天晚上，顧君做了一個奇怪的夢：夢中出現一個光頭小和尚，穿著一件乾淨的灰色長袍，坐在他的腰板上跟他玩，對他說：「小君，你醒來啊！我告訴你啊，你開始長大了，要開始學習修行了，我已經等了你一千多年。你要重新開始了，知道嗎？」

顧君看著他說：「你是誰啊？你要我修行什麼？我完全聽不懂。」

小和尚回答說：「我就是你，你就是我。我是你上一輩子修行輪迴的元神。我告訴你，明天你會見到一個人，他跟你有很深的緣分，你記得一個名字，那名字叫『覺遠』，明白嗎？如果他問你跟覺遠的關係，你就告訴他你是覺遠的師父。」

顧君疑惑地說：「什麼？我聽不懂你在說什麼？」

小和尚平靜地說：「你現在不懂沒關係，將來你會慢慢明白。我走了！我們以後會經常見面。對了，將來如果你修行遇到問題，我也會隨時出現！」

靈光一閃，小和尚就消失了。醒來的時候大概已經是早上六點，顧君起床，只拿了兩顆地瓜，馬上向小山頭的方向跑去，他遠遠地已經看到濟生在那裡等他了。

第五章 ❖ 拜師

「師父，師父！」顧君遠遠地看到了濟生大聲呼喊著，他心裡只有一個想法：我一定要跟師父好好學武功，這樣我就能變得更強大。他把手上的小袋子遞給了濟生說：「師父，請吃早餐，我今天給您拿了兩顆地瓜。」

濟生看了他一眼，接過手上的袋子說：「小君，你吃早餐了嗎？謝謝啊！我今天不餓了。昨天我去見了我師叔，今早在那裡已經吃得很飽了。」

顧君抬高稚氣滿溢的臉龐看著濟生，發現他今天穿的灰色和尚袍好像比昨天乾淨了些，容貌也比昨天精神點，看起來不再那麼髒了。

濟生摸了摸顧君的頭說：「但是我還是收下你這個早餐，這是你的心意。你還沒吃吧，你自己也吃一個吧。」濟生從小袋子裡拿出了一個地瓜，遞給了顧君。

顧君是個懂事的孩子，傻傻的笑了兩聲說：「謝謝師父。」

然而，濟生一臉嚴肅地跟顧君說：「你暫且別叫我師父，我師叔說要親自見過你才能決定你能否跟我們一起修行。」

顧君說：「沒問題，咱們現在就去見他嗎？你要去龍山寺嗎？但是我七點半要上學，行嗎？我們會來得及嗎？」

濟生一手抱起顧君，快步朝往龍山寺的方向走去。

平時顧君也會到龍山寺上香拜佛。據媽媽說小時候擔心他的健康，所以就把他過繼給觀世音菩薩，說觀世音菩薩是他的乾娘，讓他經常去龍山寺膜拜。其實，當時的農村人民並沒有太多科學知識，所以這種迷信是很常見的。

通常顧君需要走大半個小時才能到達龍山寺。但他發現濟生把他抱起來後，施展傳說中的輕功，快步往前趕，不到五分鐘的時間，濟生就帶著顧君來到了龍山寺。

濟生把顧君帶到了後面的廟堂，敲了小木門，大聲喊道：「師叔，我把小孩帶來了，您現在方便見他嗎？」

顧君只聽到一聲蒼老的聲音，說：「進來吧。」

濟生推開木門，顧君隨著濟生走了進去。外面雖然已經天亮，屋裡面並沒有足夠的照明，令到整個環境有點昏昏暗暗。雖然顧君對龍山寺並不陌生，但是他這一刻內心異常緊張。顧君一眼看到房間裡有一位老和尚。這老和尚看起來七十多歲，擁有一張慈祥的臉孔和一雙柔和的眼睛，皮膚也因年紀老邁而顯得皺紋累累。他穿著傳統的僧袍，頭戴僧帽，手持念珠，保持著端莊和沉穩的姿態，看上去非常慈祥，周邊濃郁的燒香味道，更加突顯他身上超凡脫俗的氣息。

濟生看著顧君說：「這位是虛木長老，是龍山寺的太上長老，也是我的師叔，你向他請安吧。」

顧君聽到之後馬上跪下，向虛木行了跪拜禮，尊敬叫聲：「太上長老安好。」

虛木本來盤著腿閉著眼睛，他張開眼睛看了看顧君，問道：「小孩，我聽濟生說你想修行啊！你想拜濟生為師啊？你可以詳細告訴我原因嗎？」

顧君緊緊握著拳頭，緊張地說：「太上長老，我來自山下顧家村的顧君。我們家很貧窮，家徒四壁。父親也不在身邊，去了港島打工。我非常希望能儘快改善家裡的生活，所以我希望能早點參加修行，讓自己變得強大。我們村子也是非常窮困，我同時也希望能幫助村裡所有貧困的人。因為我們生活真的很困難，大部分時候連飯都吃不飽。」顧君以緊張的口吻表達出自己的期望。

老和尚眨了眨眼睛，看著顧君說道：「嗯，我在這龍山寺修行四十多年了，我知道附近的村民生活都很窮困，這個你不用說，但是你是第一個來告訴我，你想透過修行來改善村民的生活！非常好。不過你知道什麼是修行嗎？」

小小年紀的顧君低著頭，緊緊握著拳頭說：「我要學武功，我要長大後擁有強大的武力，讓自己變得強壯，我可以去打工賺錢，改善大家的生活。」

其實，以一個七歲的小孩能說出這番話已經很不錯了。老和尚看著顧君，點了點頭說：「嗯，不錯不錯，但是那不叫修行，那個叫學武。你來，你走過來我這……」

老和尚伸出他瘦黑的右手摸了摸顧君的頭，突然驚訝地睜大眼睛，連忙又伸出另一隻手，摸摸他的頭、肩膀、手、腰、大腿，一直到腳趾頭。他閉上眼睛，手持念珠，口中不斷念經，最後大聲喊道：「阿彌陀佛！」

顧君心裡感到害怕，不知道發生什麼事。老和尚看著他問道：「顧君小朋友，你以前學過武功嗎？有人教過你武術嗎？」

「沒有啊，我自己看著《少林羅漢拳拳譜》練著，我已經練了大半年，直到昨天濟生師父跟我說我練錯了，再繼續下去會有危險。」

顧君接著從一個袋子裡面拿出那本破舊的《少林羅漢拳拳譜》，遞給虛木。虛木看到了之後就說：「緣啊！這本書是……是我三十年前剛到這裡不久的時候，送給了一個小孩，這是一種緣分，那個小孩現在應該四十來歲了吧。」

顧君認真地說：「這本書是我父親留在抽屜裡面給我的。他五歲多的時候，我的祖母就不幸地過身了，家裡很窮，支持不了他再去念書，他只能到田裡幫忙，所以他更沒有時間理會這個東西。」

虛木心想：原來如此……他當初看到了顧君的父親，覺得他是有修行的天賦，也有點緣分，教了他兩天之後，把這本秘笈交給他，並分吩咐他要好好練習。

虛木低頭道：「怪不得他後來都沒來找我了，原來是為了家裡的生計。這一切都是緣分，現在傳到你手上了。好吧，你比你父親的天分還要好。在你拜師之前我要問你幾個問題。」

「第一，如果你將來學好武功，不能用武功去欺負弱小，也不能隨便在其他人面前展露你非凡的能力，否則會導致嚴重的後果，你做得到嗎？」

顧君大聲說：「做得到。」

虛木聽後非常滿意，續著問道：「第二，當你獲得財富時，你只能用來從旁協助有需要的人，並不能為你個人享樂之用。你能做得到嗎？」

顧君心想：我本來就不是為了自己，他問道：「如果我用來提升我自己的修行，可以嗎？」

虛木笑了笑說：「當然可以！那是基本的事。」

顧君毫不猶豫地回答：「我本來就不是為了自己，只是為了幫助我家人和村子裡有需要的人。我一定會做得到！」

「第三，學武是鍛煉體格的一部分，但是鍛煉心性、普渡眾生才是最重要的。你能做得到嗎？」

顧君心想：我不知道普渡眾生是什麼意思，但若果我能讓飽受饑荒的人吃上飽飯就行了。他對老和尚說：「我不懂什麼叫普渡眾生，但我一定會努力讓每個飽受飢餓煎熬的人都能吃得上飯，這算不算呢？」

虛木笑著說：「孩子，這就是普渡眾生啊！」

顧君看著老和尚，一臉堅決地大聲說：「我做得到！」

第六章 ❀ 真正身份

老和尚仔細看著他，慢慢地說：「非常好，你的筋骨很不錯，與我佛也有緣，你可以拜濟生為師了。我叫虛木，我的師父叫覺醒，他也是我們龍山寺的創始住持覺遠的師弟，但他一百多年前已經圓寂了。」

顧君看著虛木問：「虛木太上長老，您現在幾歲啊？您看起來只有七十多歲啊！？」

虛木回答道：「小君啊，我已經一百二十多歲了，我師父兩年前才圓寂，享年一百八十多歲，而他的師兄覺遠更加厲害，他走的時候已經超過二百五十多歲，因為他的修行非常高，也有一個實力高強的師父。」

顧君看著虛木，心想著昨天晚上那個小和尚告訴他的話，他對虛木說：「太上長老，我聽過覺遠這個名字。」

虛木驚訝地看著顧君說：「你聽過他的名字？你從哪聽到的？」

「我聽過他的名字，雖然我不知道他是誰，但有人告訴我，如果我聽到這名字後，一定要告訴你。他的原話是這樣：『我是覺遠的師父。』」

虛木馬上緊張起來，看著他說：「你再說一次，那個人向你說了什麼？」

「如果我見到你時，並且你提到覺遠，我就告訴你：『我是覺遠的師父。』」

虛木緊張地站了起來，繞著顧君走了兩圈，默默地低著頭，思考著，顧君心裡疑惑，不知道虛木在想什麼，也不明白這句話有什麼問題。他為什麼會是覺遠的師父，一個二百五十多年前某人的師父呢？他只是照著小和尚的話說出來而已。

虛木心中思索了一會，大約沉默了五分鐘，他在小小的房間裡來回踱步，最後抬起頭說：「我終於明白了！師父在圓寂之前對我說過的話。」

原來他師父在離開時給他留下了一句話，那句話是：「他來自有方，他終歸會回來的。在眾生需要的時候，他會回來幫助眾生。」

「原來如此，我明白了。」虛木看著顧君說，「我已經不能稱呼你為小君了，濟生也不能收你為徒。」

顧君非常激動地問道：「為什麼呢？我很想學習！我對修行沒有問題，請告訴我，我怎麼都會努力去做到的。」

虛木耐心地告訴顧君：「您先別急，我們不能收您為徒弟，我們是沒有資格收您，是因為我們本來都是您的徒子徒孫啊！我們都是在您的教導和修行指導下成長起來。您剛才提到的覺遠，他是我師父的師兄，您是覺遠的師父，那也就是我的師祖啊！有些事情我現在不方便向您透露，您將來會明白的，現在多說對您也沒有太多好處。我也不知道師祖的法號，因為師父也沒有提及……」

「那我能修行嗎？我能跟你學嗎？」顧君急切地問道。

虛木回答說：「您現在還沒有開悟，所以一些基本的修行功夫，我和濟生都會幫助您。如果您有任何問題，也可以隨時來找我，但您千萬不能稱濟生為師父，也不能稱我為太上長老。您可以直接稱呼我虛木就好……我們都是您的晚輩。」

實際上，顧君無法完全理解虛木的話，但他只知道自己可以跟濟生學習功夫和修行。這對於他來講是現在最重要的。

顧君對著虛木說：「謝謝長老，謝謝長老！」對顧君來說，一時之間還改不了口。

虛木站起身來說：「您不用謝我，一切都是我佛的安排。」他終於明白當年為什麼與顧君的父親有一段緣分，原來一切都是為了今天的顧君。

虛木回到自己的床上，掀開那張破舊的稻草床席，從下面拿出一封信和一個老舊的木盒子。

信封上寫著三個毛筆字：「空生啟」。

虛木雙手把這封信遞給顧君，低頭尊重地道：「請您打開來看吧。」

原來在覺遠圓寂時，他給虛木的師父覺醒留下了這一封信。

覺遠對覺醒說：「如果將來有人說他是覺遠的師父，請把這封信和木盒交給那個人。如果你没遇到這人，就傳給你最信任的弟子。如果他也遇不到，那就代代相傳吧！」

顧君雙手接過那封信，打開看到裡面只有一張泛黃的信紙，上面用毛筆寫了幾句話：「我本是佛自在，生於空，是為空生。」

虛木打開木門，讓濟生進來，然後關上了木門。

突然，虛木跪下來對顧君說：「恭迎師祖回歸！」濟生也跟著跪下，低頭對顧君恭敬地說：「恭迎太師祖回歸！」

第七章 《蓮華妙法真經》

顧君被虛木和濟生突然的行禮嚇了一大跳，他立即扶起虛木和濟生，說：「你們在幹什麼呢？你們在做什麼呢？快起來。」

虛木慢慢地站了起來，淡定地回答：「師祖，您現在或許不理解，但將來您必定會明白，您如今年紀尚淺，靈智還未覺醒，您日後進入修行便會慢慢得知真相。」

他隨即又遞給顧君那個小木盒，說：「那封信和這小盒子都是給您的，請您也自己打開吧。我們都無法打開，但師父曾說：『盒的主人會知道打開方法。』」

顧君接過盒子，卻束手無策。突然，他識海中回響起了那個晚上找他的小和尚的聲音：「啊！我的東西歸來了。你快點打開，咬一下你的小指頭，滴一滴血在盒子上面，它自會啟封。」

顧君狠狠地咬了一口自己的小指頭，滴了一滴血在盒子上。那滴血慢慢消失，彷彿被盒子吸收。突然，盒子發出萬道閃爍華光，「咔嚓！」一聲，盒子自行打開了。

虛木和濟生也驚愕萬分，連忙請顧君說：「阿彌陀佛，一切都有安排啊！請您珍藏，切勿洩露給他人。」

顧君目睹盒中的有兩樣物件：一個木魚掛著一條紅繩；另外則是一本書，封皮暗紅、古樸莊嚴，書面寫著六個金色大字：《蓮華妙法真經》。

虛木和濟生也看到了這個盒子打開，再次告誡顧君：「師祖，請您珍重保管，切勿洩露他人。」

顧君嘗試去把書翻開，但是他發現他翻不開，未能夠成功閱讀當中的內容。

小和尚跟他說：「你別想打開它了，你現在還沒開始修行，你要增強自己的能力，才有機會打開，並且逐漸恢復你以前的功力。你回來這個世上是有原因，你就是我，我就是你，沒有人能做你的師父。我也不是你的師父，我只會慢慢把你帶回你自己開創的世界。」突然間盒子消失了，而出現在識海裡小和尚的左右手上。

小和尚講完這番話後，顧君心中仍有點疑惑，他只能跟虛木和濟生說：「我明白了。」

虛木雙目注視著顧君，對濟生說：「濟生，從今天起，每天早上六點鐘，你帶著師祖來此修行，同時我會親自和師祖探討佛法，由你帶領師祖練習少林羅漢拳，之後你送師祖上學。你一定要保護好師祖，千萬不要讓任何人知道他的真實身份。」

「是，師叔！」濟生雙手合十，恭敬回應道。

虛木繼續對顧君輕聲地問：「師祖，這樣的安排是否合適呢？」

顧君心裡非常高興，也不知道該怎麼回應，只能說：「好，辛苦你們了。」

虛木神色嚴肅地繼續說：「師祖，今日所發生的一切，你一定要絕對保密，不要給其他任何人知道，因為您的身份涉及了太多秘密，而且您現在還沒有恢復高深的修為，會引起不必要的危險。」

顧君思索片刻，說道：「放心，我不會泄露秘密，就算我說了也沒有人相信。另外，你們不必叫我師祖，叫我小君就好了，畢竟我才七歲，而且你們也說過要保密我的真實身份，對嗎？」

虛木急忙說：「那……那……我們肯定是不能直呼您的名字，要不我們在外人在的時候稱您——施主，但只有我們自己人在的時候，那一定是要稱呼您師祖，剛好施主和師祖的發音是一樣。」

「是，師叔。」濟生看了看虛木，點了點頭，尊敬的贊同道。

「時候差不多了，我們去上學吧。」顧君對著濟生說。

濟生恭敬地答道：「太師祖，我抱著送您上學吧，這樣比較快。可否？」

顧君點了點頭。濟生抱起了顧君，走出了小木屋，駕輕就熟地施展了輕功。一步跨出去就是五六米，令顧君非常羨慕，他告訴自己一定要努力修煉，終有一日也可以如此強大。

第八章 ※ 修行的疑問

濟生很快就把顧君送到學校門口。顧君輕輕拉了拉濟生的手說：「濟生，時間還沒到，我想問你一些問題。」

濟生合十點頭，對顧君說：「是，太師祖，您請問。有什麼問題，我會盡力回答。」

顧君仍然感到困惑，希望透過濟生瞭解目前的情況，以便令自己更加準備好思緒跟虛木一起修行。

他問濟生：「濟生啊，剛剛虛木告訴我的事情，我只能大致理解，你能給我更詳細的解釋嗎？我對『修佛修法』這個聽起來又陌生又熟悉……我們是什麼門派？師門又是什麼？修行究竟是什麼？不就是學習武術嗎？它們之間有什麼區別？」

濟生思考片刻，小心地回答說：「太師祖，雖然師叔沒有詳細說明，但我現在可以告訴您，我們修煉的是少林寺獨特的佛家武學。少林寺是修行界中的泰山北斗，擁有悠久的歷史和深厚的佛法。我們的師門就是少林寺，我們既是佛教門下的子弟，也是修行界中的修行者。我們同時修佛和修法，透過修佛來鍛煉心境、理解佛陀真諦，修法則鍛煉身體和能力，包括武學和法術在內。

修佛和修法是相輔相成的，只有修佛的境界越高深，修法的境界也才能隨之提升。這與每個人的佛緣和佛根息息相關。我自己的佛緣比較淺，資質也不算優秀，所以境界提升一直緩慢，進展也比其他修行者慢，所以希望未來還請太師祖能給予更多指點。」

顧君點頭，繼續追問：「那我們到底修煉的是哪一種法門呢？」

濟生低頭回答說：「我們的修行方式實際上分為修佛和修法兩個層面。修佛代表慈悲、救渡眾生、拯救世俗人於苦難的慈悲之心。修法則是一種手段，透過修煉武功、法術等提高境界來實現。然而，修法屬於武力的一面，其中也包含著一些暴戾因素，與修佛相對可能產生衝突，所以必須先修佛再修法。只有修佛的境界越高，領悟越深，才能消除修法過程中可能累積的負面因素，使我們能更好地發揮武學及法術。因此，佛的境界越高，法的境界才能隨之提升，兩者相輔相成。這是我至今的體悟。」

顧君聽後點頭，繼續追問：「那我們是如何區分眾人的境界呢？」

濟生回答說：「在開始修行之前，一般世俗之人是屬於眾生界。當他們有緣分接觸佛經，並能領悟當中的奧妙，立下大宏願追隨佛陀，踏上修佛之路，即稱為踏入菩薩道。而我目前所處的境界屬於菩薩道的第三階段。至於修法方面，我則處於築基境的第三層。然而，現在大千世界靈氣匱乏，資源有限，還受到嚴重污染，導致境界的提升變得非常困難。修佛之時我們要深入理解佛經的奧義，領會佛陀的思想，遵從佛陀的教誨。修法則必須掌握武學及法術的秘訣，同時吸收靈氣並轉化為真氣內力。

我們修煉的法術某種程度上與道家有些相似。透過修行、吸收靈氣和服用丹藥，我們可以提升法修的境界。然而，現在能煉製丹藥的人非常少。值得一提的是，在佛法看來，道家修行實際上是佛法分化出的一個修煉法門，也可視為佛法的一部分。至今，我在佛境界和法境界停留在這三階十數年，仍未能突破。此次尋找師叔正是希望能得到一些指點。至於菩薩道之上的修行境界，我就不太清楚了。這對我來說是非常遙遠的……明天您可以問問師叔，他一定更清楚，能夠給您更多答案。」

顧君聽後說：「那我明天再問虛木吧，現在先去上課，明天早上小山頭見。」

濟生低著頭，雙手合十說：「是，太師祖。要不明天我直接去您家門口接您？您不用到小山頭了，之後直接去找師叔，這樣比較方便。而且，您還能節省多一點時間用於修行。」他希望能減輕顧君的負擔，讓他能專注於修行。

顧君點點頭後告訴濟生：「我家就在下面的顧家村小巷子裡。」顧君把自己家的詳細地址告訴了濟生，約定明天早上六時去接他。

第九章 ❖ 踏入菩薩道

顧君對未來充滿了希望，虛木及濟生的出現，令他相信這個世界充滿了愛和無窮無盡的機緣。雖然他對很多事情還不太瞭解，但他知道修行能改變生活，使他有一天能與爸爸團聚。他內心充滿對這一天早日到來的期待。

第二天一早，他手持兩顆地瓜，背著書包，輕輕打開家門，卻沒看到濟生。他心中不禁疑惑：「難道他不來了嗎？」他來回踱步，心裡忐忑不安。

終於，濟生來到了，他看著顧君說：「太師祖已經到很久呢？讓您久等了！」

其實並不是濟生遲到，而是顧君太緊張了，他早早就到了。如果他有手錶，他會知道自己早到了二十多分鐘。他五點半多一點就已經在外面等待。但那時候那麼窮，哪裡有閒錢買手錶呢？

顧君說：「沒事，我們出發吧！」

濟生抱起顧君，施展輕功，向龍山寺飛奔而去，不到五分鐘就到達龍山寺。一路上，顧君心中思索：要到什麼時候我才能夠有這樣的功夫呢？

兩人走到了寺後邊的小木屋，濟生輕輕敲了敲門，說：「師叔，太師祖來了。」門打開了，虛木本來是在外面恭候著，但他擔心顧君會被眼前的氣氛震懾，所以後來他還是把門關上，一直站在門後面等著顧君。

虛木雙手合十地對著顧君說：「阿彌陀佛，師祖早安。」

「你們帶我修行吧。」顧君對著虛木說，經過昨天顧君已明白對於虛木及濟生不能太客氣，否則他們反而更不自在。

虛木回頭對著濟生說：「你就在門口幫我們護法吧。接下來的一個小時你別讓人來騷擾我們知道嗎？」

濟生雙手合十的回道：「是，師叔。弟子明白，請放心。」

虛木彎下腰，對顧君微笑道：「師祖，請您跟我進來。」轉身領著他走進小木屋。屋內陳設簡單，只有一張木桌和幾個蒲團，點燃著一縷淡淡的檀香之氣。

顧君往小木屋裡面走，虛木把門關上。而濟生就背對著木門盤腿而坐。虛木對顧君說：「師祖請坐。」

「接下來我會講解如何修行及更高的境界，引領您進入菩薩道。我會讓濟生帶您進行法修。因為佛與法是分不開的，修法之前必先修佛，所以有足夠的佛緣及佛根性，法修才會走得夠遠、夠高。」

「好的，沒問題，咱們開始吧。」顧君高興的回答。

顧君盤著雙腿坐下。虛木也盤腿面對著顧君坐了下來。他一臉嚴肅地面對著顧君說：「師祖，我並沒有資格傳授您佛法，但是我理解您的現況，我只能與您一起修行，希望喚醒您以前的修為。我先跟您說一下佛法的修行吧。

「佛法的修行是分開佛修與法修。佛修包括修習佛性和佛根性，它們以不同的境界區別深淺。法修指的是修習法門和法術，我們的法修在某種程度上與道家修煉是有相似之處，我們可以透過修煉、吸收靈氣和丹藥來增加我們的法力。然而，在現今世俗中能夠煉丹的人是非常少，因為煉丹術是來自於道家，雖然從佛法的角色來看，道家實際上是從佛教分拆出去的一個修煉法門，它也被視為佛教的一部分，此又謂萬道同宗同源。

「在佛教修行中，我們修佛是需要理解佛經裡面的深層意義，並隨著對我佛真諦理解，追隨而進行修行。我們修法是需要依靠經書裡的法術，而且需要吸收靈氣。佛修的境界我們分為不同階段：眾生道、菩薩道、涅槃道、輪回道、佛道、虛空道。

「所謂的『佛法』，既修佛又修法，只有當佛修得越高時，法修才會顯得更加高深。法本身是有武力的元素，佛包含了和平的元素，所以需要高深佛修來制衡法修本身可能產生的戾氣。

「相對應的，眾生道就是世俗人所謂的煉體界，一般人每日煉體，世俗人練習武術的行為，於我們而言只是煉體的行為，並不算是真正的修行。

「當你進入菩薩道時，對應的法修就是築基界。當你突破了菩薩道，而到涅盤道時，相對應的法修就是金丹界，金丹界大成之後的突破所去到的境界，我也不太清楚了。

「接下來我要講解如何從眾生道進入菩薩道。我聽濟生說您之前是根據《少林羅漢拳拳譜》練習。那是眾生界裡世俗之人的修煉方式，若沒有配合佛法那就不算是真正踏入修行之道。

「眾生皆苦，但他們視物質上的追求如山之重，只希望透過練武來達到自己人生目標的追求。因此，如果在沒有佛法的修行基礎上貿然練習『少林羅漢拳』，那麼所謂的練武只會流於眾生界的層次，並不會領悟到深層次的佛法真義。有見及此，我們必須要同時進行修行佛學，才能真正參透『少林羅漢拳』箇中意義。

「佛法具有無限的可能性，一佛變萬法。從眾生皆苦之境地出發，我們所說的苦海無涯回頭是岸，實際上指的是立下宏遠的決心修行，追隨佛陀而進入菩薩道。」

虛木解釋道：「從一個普通世俗人發了『大誓願』，開始了對佛陀的信仰，對佛經有更深刻的理解及領悟，並且堅定地追隨著佛陀的真諦。他們就有機會從世俗人踏入菩薩道，菩薩道又分為一到九階，當修到九階大圓滿時，就進入了涅槃道。」

虛木一直在講解佛的真義。時間飛逝，大概過了大半個小時，虛木看到了顧君慢慢地閉上了眼睛，進入禪的狀態，也就停下來，讓他自己去參透。

顧君識海裡一直反復思考虛木的傳授，同時他識海裡的小和尚，也不斷地跟他進行解說。顧君逐漸進入了一個非常玄妙的狀態，識海裡的信念越來越堅定，智慧也逐漸顯現。

終於，顧君猛然睜開雙眸，雙手合十，一副虔誠的神態向虛木說：「阿彌陀佛，我佛慈悲。」

虛木眼中閃過一絲驚訝之色，眼前的顧君竟然散發出一絲絲的華光。他不敢相信在不到一個小時的時間裡，顧君竟然能夠得到如此大幅的領悟，從眾生道一躍而入菩薩道，踏上真正修行之途，正式踏入佛門。

對虛木而言，他當年歷經十餘年的苦修方能跨越眾生之途，邁進菩薩之道，而眼前這位顧君的成長實在令人驚歎不已。

「師祖，您與佛緣分真是深不可測啊！您在這麼短的時間裡領悟到如此深奧的佛陀真理。」其實修佛就是人生的修行，從永生變成不滅，那是另外一段永恆之路，但是他的確很驚訝顧君能這麼快就有這麼深刻的理解。

雖然他在佛道上還只有菩薩道一階，虛木還是一臉尊敬地對顧君說：「師祖，您跟佛的緣分太深了。我可以很肯定地跟您說，您已初探菩薩道第一階，菩薩道境界共分九階，許多人在塵世間燒香念佛、拜佛求福，種下善緣，然而一生之中，能夠踏入菩薩道第一階段者寥寥無幾。因為他們無法真正理解佛的真諦，無緣佛法，無佛之根基。」虛木言辭間充滿崇高的敬意。

顧君這時心中默默思索，世上有如此之多寺廟，千千萬萬眾生每日供奉香燭，然而菩薩的數量似乎不相符合。雖然心中有所疑惑，他卻並未吐露出來，而是雙手合十地與虛木說：「一切都是緣，感謝你帶我入門，辛苦了。」

虛木聽到後，連忙搖搖雙手：「弟子不敢居功自傲，這反而是我的福緣。」

虛木又說：「師祖，我有幾點要建議您，或許涉及到您的安危，需要您的斟酌。」

其實顧君對於虛木而言，他還只是一個七歲的小孩，還沒有把自己的心態好好的調整過來。雖說顧君的輩分比虛木高得多。

他對著虛木說：「無論我以前是怎麼樣的，現在你的修為比我高，閱歷也比我豐富得多，肯定是為我好的。你請說吧。」

虛木雙手合十地說：「謝謝師祖，我提以下幾點供您考慮。修行本身就是與天爭命，與歲月爭輝煌，是尋求長生不滅的一個過程，大多數世俗人無法理解我們所做之事，而且現今您的修為有待提升。在世俗人眼中，包括您的血緣親人，您的修行和潛能可能引起某些影響，為您及身邊的人帶來傷害和威脅。在您修為大成之前，還是保持低調為好，不要向世俗人透露您的身份。」

顧君聽了之後深思片刻，以堅定的眼神去回應：「我完全明白，在我還沒有足夠力量保護自己及家人的之前，我一定會保守秘密。」

虛木聞言，心生敬畏，對顧君的悟性感到驚訝，難以置信這個七歲小孩竟有如此成熟的領悟。

他又說第二點：「另外，師祖，您現在每天與我們一起修行和學習武學法術之事也須保密，包括我，濟生和您的身份。因為這些都會在將來給您帶來很大的人生改變。而且您慢慢地掌握不能想象的力量、人脈、法門法術。」

顧君聽了說：「我知道，我不會胡亂使用我的能力。」

接著虛木對著顧君說：「師祖，今天我們的佛修就到這兒吧。接下來是法修，這個法修入門暫時就交給濟生吧。他應該可以帶領您修煉到法修的築基界三層。當然他對您只能是持一個後輩弟子之禮，這一切都是您以前安排好的。」

顧君雙手合十的說：「明白了。」

第十章 開始法修

顧君雙手合十地跟虛木拜別後，邁出了小木門，並且緩緩地把木門關上，濟生已在外等候多時，他毫不遲疑地開口道：「我們是否可以開始了？你教我吧！」

濟生合掌地回應：「是！太師祖！但是我沒有資格教您，只不過現在的您還沒恢復到以前的修為，我現在只是在陪您一起修行，這也是我相當大的福報啊！」話音剛落，濟生眼中閃爍著異常驚訝之色，看著顧君說：「太師祖，您已經踏入菩薩道了！您的悟性超乎我的想象啊！」

顧君摸了摸自己的頭，傻乎乎的笑了笑地說：「嘿嘿！好像是！虛木剛剛也是這樣跟我說。」

此一瞬間，濟生心態起伏不定，他經歷十多年的修行，方才正式踏入菩薩道的起始階段；而眼前這位年僅七歲的小孩，僅花費不到一小時的時間，已躋身菩薩道。對此，他永遠難以想象或理解，這種佛緣和佛根。

他誠心誠意對著顧君說：「太師祖，歡迎您的回歸啊！這真是眾生之福呀！」

顧君反而對他說：「先別說那個，咱們先開始練習少林羅漢拳，前兩天你還跟我說……我練的都是錯的。咱們是要重新開始吧？」

濟生隨即回答：「是！咱們從頭開始，因為您之前所練的只是流於表面招式，那時您對於佛陀的修行還沒有開始，但是我從沒有想過您這麼快就突破進入了菩薩道的境界，這對於我們進行法修是非常有利。」

於是濟生開始向顧君傳授少林羅漢拳的一些訣竅，並融入了菩薩道的佛性和佛意的解釋。因為每一拳、每一個步伐、每一個移動，其實都包含了無數法的變化，而法的變化的根源是來自於佛的修行。

當濟生向顧君詳細講述佛法時，顧君突然間心開悟通，領悟了一些道理，於是在濟生面前開始練拳。他身法行雲流水，彷彿融入心流境界，森林鳥鳴、微風拂樹，彷佛與他無涉。打完一套拳之後，他看著濟生說：「濟生，你覺得怎麼樣？」

濟生目定口呆，不知所措地回答：「太師祖，您現在的表現比我更加好啊！我真的很慚愧。」

顧君說：「嗯，這些東西好像是我以前便懂得。現在只不過是重新再演練一次。這個我得好好的思考一下，但是現在我要赴校上學了，麻煩你先送我上學吧！」

濟生點頭：「是，太師祖，那我先送您上學吧！」

第十一章 ❈ 學校生活

修行之路令顧君心神激盪，但他自知現尚幼小，須正常生活度日，所以他必須繼續上學。

當他踏入教室後，他看到了身材稍高且瘦弱的顧高，他是顧君大伯的二兒子，比顧君早出生十五天。顧高比其他活潑的孩子成熟穩重，但他們兩兄弟從小就有深厚的情誼。

顧君的親大伯對顧君視如己出，以前每天早晨都會騎著破舊的自行車送他們上幼兒園。因此，顧君一直希望有一天能讓這位三伯伯過上無憂無慮的生活。

為什麼叫「三伯伯」？顧君的爺爺有許多兄弟，他們的子女輩分根據出生年份來排列，幾個兄弟所生的十一位男丁是依照出生年紀來安排大小。顧高的爸爸是排第三，故稱「三伯」；顧君父親排第六，所以叫「六叔」。

顧高和顧君之間的情誼牢不可破。雖然顧君平時比較喜歡捉弄顧高，但是他倆從不計較。他們在童年時常依靠彼此。顧高經常開玩笑地問顧君是否撿到錢，調皮地說要請他吃東西。顧君一直覺得顧高很喜歡吃零食。顧君與顧高稍有不同，他心中有許多牽掛和想法。

顧君跟顧高說：「你想吃什麼，你說吧！我就算沒有，我也會去想辦法的。」在他們要進入教室的一剎那，顧高說道：「對了！伍小欣已經到了，你看要不要跟她打個招呼。」

伍小欣是他們從幼兒園就已經認識的同班同學，也是他們心目中可愛的鄰家小女孩，她在兄弟心中留下了深刻的印象。因此，每次他們見到伍小欣，都會變得心生羞澀，四周氛圍宛如蜜糖，但顯然年紀尚淺的他倆不懂得何謂愛情的真諦呢！

「你好呀。」顧高非常習慣的跟伍小欣打招呼說，「我們很好呀！你吃了嗎？我們吃了。你要吃嗎？我這裡還有一個番薯，你要吃嗎？」

伍小欣回了個問好，而且說已經吃過了。

顧高那種天真的模樣給人一種耳目一新的感覺。他在女生面前雖不太習慣，但是很多時候他比顧君表現得更加大方得體！也許是因為顧君對伍小欣更有些想法吧！

顧君告別大家前說了一句：「待會兒見！」但這並不是今天最重要的事情。因為他今天正式踏入修行，開始正式學習少林羅漢拳這一套武術，這讓他興奮萬分，其他事情相比之下都變得不那麼重要了。

然而，他深知不能向外間透露與虛木大長老的對話內容及自己的修行。否則會為自己和家人帶來危險。這個世界充滿了困難和苦難，許多人為了一些眼前利益而做出令人髮指的惡毒行為。他的父母也經常跟他講這些道理。縱使他一直不太理解，但他還是很遵守這些為人道理。

顧君繼續持之以恆地學習，但是今天的學校生活比往日顯得更加漫長，顧君只渴望能快點下課，回去練習今天學到的佛法。

他記得虛木長老建議他：「每天在睡前的兩小時，必須抽出時間打坐，反省自己今天的所得、反思今天對身邊所有人的行為。針對這些行為去細味人生、以領悟佛陀的教誨。這個過程非常重要，修行是要有大毅力並持之以恆，必須堅持每天領悟佛及法並加以練習實踐。法的使用，融入佛的領悟裡面。因為這修行是必須。任憑世間風吹雨打，也不能任意放棄的一個過程。只有日以繼夜的修行訓練，才能得到真正的收穫。」

顧君明白努力練習的需要，他不僅僅答應虛木長老，還更加嚴格要求自己。他一回到小屋內盤膝坐下，就迫不及待地開始打坐冥思。

第十二章 如是我聞

顧君回到家裡的小房間，盤腿坐下，開始修煉。他按照虛木的指示，全神貫注地領悟今早學到的菩薩道。雖然他現在已經踏入了菩薩道的境界，但領悟的進度還是屬於初步階段，所以重新回想起虛木及小和尚較早前向他傳授的菩薩道是修行進步的關鍵。

同時，他放空思緒，專注於自己的吐納，並且於識海裡回想今天學到的少林羅漢拳的招式和動作，並將其融入自己的內心。

隨著時間的流逝，顧君感覺自己逐漸進入一種平衡的狀態。他感受到內心的寧靜和平和，彷彿與整個宇宙融為一體。

這時，小和尚又出現了！雖然小和尚比較生動，但看起來非常透明，只有運用自己的神識才能夠與他進行對話。

小和尚跟顧君說：「不錯，有個好開始。雖然你的領悟能力很高，但你只是踏入了真正修行的第一個階段：菩薩道一階。你現在領悟了些什麼？」

顧君思索片刻，謹慎地陳述自己根據虛木早上教導的修行內容所得到的理解。小和尚默默聆聽，不發一語，專注地聽著他的講述。

突然，小和尚對顧君說：「很好，你領悟了該領悟的道理，現在是時候打開真經的第一頁了。你試試看。」

顧君看了看小和尚，問：「怎麼打開呀？用手嗎？」

小和尚回答道：「你需要專注將你的神念聚集在書上，不是用手觸碰。這本書現存在於你的識海中，無法用手觸摸，只能用你本身的修行跟神念來打開。」

顧君默默閉上雙目，在自己的識海裡去凝聚出一隻手，用它觸碰那本書，翻開了第一頁，裡面寫著第一章「如是我聞」。

小和尚問顧君：「小君，你知道『如是我聞』嗎？」

由於顧君才開始修行，對佛教的理解才初探其中，對其中的深奧道理還不能完全領悟，也還沒開悟自己的見解，所以他只能誠實地回答：「我不太清楚。」

小和尚開始跟顧君解說：「你一定要記住『如是我聞』，它代表了一切，也代表了我佛如來，可以講解為『如來』就是『我佛』，也可以是我佛親身對於佛諦的宣講。

「因為世俗人難以理解菩薩道所講的內容，對其產生疑惑。因此，在很多經書裡面的開頭，你都會看到『如是我聞』這四個字。簡而言之，我接下來要闡述的意義或經典，都是佛陀親自講述的。

「所以，『如是我聞』在你所接觸的所有修行大乘經裡面，你都會看到這四個字。

當然，這也是一般世俗人的理解，真正理解佛陀真義修行的人是可以分辯『如是我聞』的真正含義，因為他們能夠理解箇中的真諦。

「如果你能理解到佛的真義，那你當下就是立地成佛，沒有所謂的『如是我聞』。它真正的意義是：能夠與我佛如來一樣理解佛法，那就叫做『如是』。

「『我聞』並不是說你真的聽到那個『來源』。小君要記得，從今天開始，我們是要去理解真義。否則，無論那個『意義』是從哪裡來都沒有意義了。明白嗎？」

緊接著小和尚開始以「如是我聞」為顧君展開了一連串的解釋及開悟。他閉著眼，盤著腿，靜靜地聽小和尚的詳細講解。

他發現：這小和尚的講解非常通俗易懂，他的解釋比虛木更透徹深入，而且好像小和尚所講的真義讓他感到耳熟能詳。

對他來說，這些道理就像是在溫故知新。一字一句，彷彿與朋友久別重逢，如久旱逢甘霖。每一句話都在溫柔地拍打著他的內心，讓他感受到深層次的共鳴。他就這樣安靜地聽著。顧君在這個過程裡面感覺到非常虛空，他感受到周圍世界的靜謐，他感覺到世間萬千，彷彿與宇宙共鳴，與佛法的智慧相結合。甚至慢慢地他好像沒有聽到小和尚的聲音了。

他感受到了時光流轉，那一剎那好像過了十年、一百年、一千年⋯⋯

智慧的光芒在他內心綻放。他開始理解「如是我聞」的真正含義，那是佛陀傳遞給眾生的聖訓，是通往解脫之道的指引。

突然間，他醒了過來。他看了看桌上的時鐘，剛好過了約兩小時，但剛剛的領悟期間好像在時空里過了千百萬年。顧君心裡面默默地想著：難道這就是「修行無歲月？」當然顧君也覺得非常欣慰，因為他知道自己踏入了修行的第一課，而且開始了初步的感悟。

第十三章 築基一層

黎明破曉之時，顧君精神煥發地起床，靜站在家門口等待濟生來接他。與昨日如出一轍，濟生抱起顧君，施展令人匪夷所思的輕功，以飛快的速度朝著龍山寺奔去，短短不到五分鐘，便到達目的地。虛木早已在小木屋門口等候。

虛木看到顧君跟濟生之後，就跟濟生說：「濟生，跟昨天一樣，你在門口守護我們，我與師祖在裡面修行。」

虛木對著顧君鞠躬，說：「師祖，屋裡請。」

顧君點了點頭，進了小屋。虛木與顧君盤腿，相對而坐在那小小的的鋪墊上，說：「師祖，昨天開始了修行，您有什麼想分享？」

顧君思索片刻，開始講訴他昨天的領悟包括：「如是我聞」、時空的飛逝、頓悟、佛的大義、空跟虛空的領悟，一切佛的真諦與領悟在他的口裡娓娓道來。

虛木越聽越驚訝，他驚嘆地注視著顧君，不過那不僅僅是瞬間的驚嘆。顧君停下來，睜開眼睛，看著虛木問道：「你聽明白了嗎？有什麼地方需要我修正的嗎？」

虛木合掌鞠躬對顧君說：「師祖，您太令我驚訝了！您的領悟跟講解已經非常深入，深得佛意呀！千千萬萬眾生窮其一生之努力、時間都沒辦法領悟到您現在對佛陀領悟的境界。想不到短短一天時間，您已經進展到這個境界。接下來，師祖，我們繼續共同探討理解佛的真諦吧！」

顧君點點頭說：「請。」

閉上了眼睛，虛木又娓娓開始唸起佛經及解釋其裡的意義。時間在不知不覺中一點一滴地過去了。突然之間，外面響起了敲門聲。濟生在門外，聲如洪鐘地說：「太師祖，師叔，差不多七點了。」

顧君回應道：「知道了，我馬上出來。」他對著虛木說，「今天的佛修就到這吧。我回去再消化一下。」

虛木一臉同意，微微點了點頭說：「是的，師祖。一切多嚼不爛。是需時領悟及消化，您可以出去跟濟生一起修煉法修的部分。」

顧君點了點頭說：「是的。佛法兩修必須並行，缺一不可。我現在的佛修好像比法修要來得快一點，法學那邊也得跟上才行。」

「嗯，就先這樣。」顧君站起來打開了小木門，看到了濟生，對濟生道，「今天時間可能不太夠，我們儘快開始進行法修吧。」

接著顧君跟濟生說：「我們今天還一起練習少林羅漢拳吧。」

然而濟生對顧君說：「太師祖，今天咱們暫不練拳，今天要開始練吐納及修習內功。拳術是一套不同動作之組合，但如果經脈裡沒有內力，沒有靈氣的運作，便會跟以前煉體一樣，練拳不練功，很快便會遇到瓶頸。我們從佛學上面的一些領悟，再加上法修，我們必須要煉體，但煉體不只是打拳，是包括了經脈的鍛煉，神識的鍛煉，這些都是缺一不可，所以今天咱們要進行經脈鍛煉的第一步。」

接著，濟生走到小院子裡的一棵小樹旁說：「太師祖您請坐，我現在先唸口訣，請您記好。」

濟生與顧君修煉內力口訣的過程中，濟生不斷的傳授口訣及解釋其中意思和運行的方式。小和尚同時也在顧君的識海裡出現了，對顧君說：「你雖可聽濟生說，但他的功法並不完整，這也是他的修行一直很難往前更進一步的原因。我現在跟你講解完整的功法。」

於是，小和尚跟顧君分享《洗髓經》。經脈是人體內運行經氣（也稱為氣血）的通道，因此保持經脈的暢通對於身體的健康和修煉上的進展都很重要。顧名思義，就是清洗身體裡的雜質，讓經脈更暢順，把後天的雜質清排出來，所以叫《洗髓經》。

小和尚開始說道：「《洗髓經》是非常高深的法修。這部經書足够你從現在開始修行，修行到菩薩道九階及築基九層，再進一步就需要更高深的法修去配合你的佛修。但是《洗髓經》要練得非常紮實，一定要有牢固的根基，你將來才能往上再走。」

顧君非常清楚，父親以前經常跟顧君說：「你將來一定要好好讀書，做一個靠筆寫字的文人，不要像父親一樣在工地裡做苦力。但是，如果將來無論是讀書還是做任何事情，都要像爸爸蓋房子一樣，一定要把地基打堅實了，萬丈高樓從地起！」

其實這個道理跟修行是如出一轍，所以顧君明白一定要好好練習《洗髓經》。他跟小和尚一起練習：眼觀鼻，鼻觀心，默想心裡面的一道氣，而出現在體魄裡面的一道真氣慢慢的在他的丹田形成起來，沿著他的奇經八脈跟著小和尚給的指示流轉起來，從他的心臟慢慢地形成了一股小小微弱的漩渦，在漩渦裡的那口氣，在他的左右手經來回流轉。接著去到他的左右腳，在他的經脈內緩慢地行走，慢慢能夠在奇經八脈裡面慢慢地形成了一個循環。

大概過了不到半個小時，他終於完成了首次小周天的真氣運行，那口真氣慢慢地在他的丹田裡存儲起來形成了內力，小和尚告訴他說：「就是這樣，你每天必須最少要做到十六個小周天。當然你現在第一次用了大半個小時才完成，你以後便會發現，第一次是最辛苦。

你之後會越來越快，每運行一次小周天，你那道氣在丹田裡面就會越來越深厚，你的經脈也會因此越來越暢通，越來越堅韌。

你幻想自己是一個農夫，正在開鑿一條小河。正所謂萬事起頭難，你一定要持之以恆地練功，無論是開鑿運河，還是修煉佛法，當中的基本邏輯都是如出一轍。」

識海裡的小和尚不斷地跟顧君講解當中的概念及邏輯。外面院子裡的濟生也一直跟顧君在講解，務求令顧君徹底明白當中的道理。

順利完成第一個小周天後，顧君張開眼睛對濟生說：「濟生，我完成了第一次小周天，這是多奇妙的感覺啊！我感覺到力量變大，身體變輕了！」

濟生再一次震驚地說：「太師祖，您太厲害了。您知道嗎？我整整花了一年的時間去琢磨及走完第一次小周天。」

顧君摸了摸自己的小頭，說：「好像沒有你說的那麼困難，好像這些法門都是我本來已會的學識，現在只是在溫習一樣。」

濟生站了起來，雙手合十說：「是，太師祖，這些對您現在來講都是太簡單了，如虛木師叔所言，現在只是在喚醒您前世修行的記憶，幫助您恢復以前的修為。」

顧君點了點頭說：「嗯，我知道，但是討論這些現在還太早，我必須要儘快回到我原有的修為。」他感到體內的力量得到了極大的提升，感激地向小和尚和濟生道謝。

濟生也對顧君的進步感到驚訝，他不禁回想起多年前自己花了那麼長時間才突破了第一次小周天，而顧君卻如此迅速地達到了同樣的成就。他對顧君的天賦和努力表示異常敬佩。

顧君和濟生繼續修行，探索更深層次的修為和智慧。他們明白修行是一個不斷進步的過程，永遠需要保持謙虛和學習的心態。

無論是修行還是人生的其他領域，建立穩固的基礎、持之以恆的努力和不斷超越自我的精神都是成功的關鍵。顧君將這些道理融入自己的修行中，期待著更深的領悟和提升。

第十四章 ❖ 伍小欣

濟生像昨天一樣在修煉後送顧君回校上課。顧君在學校門口，看到了伍小欣，但是他感覺到今天的伍小欣跟平常不太一樣。

顧君看到伍小欣的時候，伍小欣低著頭默默走著，跟她平常活潑的形象大相逕庭，便決定上前問她發生了什麼事。

顧君跟伍小欣認識已經四年了，他們兩個從幼兒園開始就是同學，有著非常深厚的友誼。

他還記得幼兒園時，他長得不太高，所以他跟伍小欣是同一桌。顧君時刻心中羞澀，所以很少主動和她說話。

顧君遠遠地對著伍小欣說：「伍小欣，早上好。」

伍小欣抬了起頭，看了看顧君回說：「你好。」

顧君接著對她說：「伍小欣，怎麼啦？沒事吧？看起來不太高興的樣子。」

伍小欣回他說：「沒什麼。」但還是低著頭，眼角有點眼淚彷彿要奪眶而出。

以顧君對伍小欣的了解，他知道肯定有事，但她欲言又止。

「伍小欣，今天我們要不去小賣部買汽水？我這個禮拜的零用錢，媽媽剛給我了五分錢，還是你想買糖果？」顧君提議道。

伍小欣說：「不用了，你自己去吧。」平常大部分時間都是伍小欣在拉著他去買。顧君覺得非常不尋常，一臉正經地說：「伍小欣你告訴我吧，發生什麼事啦。你心情不好啊？」

伍小欣開口對他說：「顧君，我可以告訴你，但你千萬不能告訴其他人。我媽媽⋯⋯她昨晚突然患上奇怪的病，我也不知道怎麼辦，她好像連我都不認得，村裡面的人把她關到一個小木屋裡，不讓我們去見她。」眼角含著淚水的伍小欣繼續說道，「我不知道發生了什麼事，也不知道怎麼辦是好⋯⋯」

顧君安慰她說：「不會的，你媽媽平常身體不是很健康嗎？平時也沒聽說你說她有什麼病。」

「不是這樣的。」伍小欣搖了搖頭說：「她昨天晚上突然變得很奇怪，不停地大喊大叫，時而哭泣，時而大笑，整個晚上都在吵吵鬧鬧。於是村裡面的人，把她關到那個小木屋裡，說媽媽生病了，而且不讓我去看她，還說非常危險，擔心媽媽隨時會發瘋。」

顧君問道：「為什麼會這樣？」

伍小欣不禁哭了起來。

顧君又安慰她說：「不如這樣，今天下午下課之後，我們倆偷偷去見你媽媽好不好？那你就不用哭了，你可以看到她了，可以瞭解她的狀況，好不好？別擔心，我陪你一起去。我們偷偷地去，那大人們便不知道了。」

伍小欣對著顧君說：「是，我們偷偷去，你不會告訴大人對吧？」

「我陪著你肯定沒問題，我是男孩子，肯定沒有危險。」顧君拍拍胸口說道。

伍小欣頓時轉哭為笑地說：「好啊，好主意，那我們下午三點鐘在門口等，你陪我去見我媽媽，我知道在哪裡，只是他們不讓我獨自去探望媽媽。」

顧君說：「沒問題。」

第十五章 ❀ 魂困禁錮

放學鐘聲響起，顧君急忙整理好書本和文具，顧高看到，大聲問道：「顧君，你去哪啊？你不回家嗎？」

顧君告訴顧高：「我今天要去看我的外婆，你自己先回家。若你碰巧遇到我媽，請跟她說一聲，免得她為我擔心。」

顧高答允道：「我知道了，別太晚回來。」

伍小欣與顧君的外婆皆來自同一個村莊，所以他跟顧高說他要去看外婆，那這樣就比較方便了。

顧高說：「好的，自己小心點。」

顧君急速走至學校門口，看到伍小欣已經等著他了。

「你真的要陪我去嗎？途中會不會有什麼意外呢？」伍小欣憂心忡忡地再次問道。

顧君向伍小欣說：「小欣，我今天是來看我外婆，所以我看完你媽媽，還得去外婆那一趟，不然我媽會擔心，還得跟媽媽說一下外婆的情況。」

小欣說：「沒問題，你帶我去看完我媽媽，我陪你去看外婆。之後我們各自回家。」

顧君說：「走吧，咱們看你媽媽去，沒問題。」

伍小欣帶著顧君走向了那個小巷子，說：「我母親原本居於一間破舊小屋，平日閒置無人，但今天卻成了禁錮我媽的地方啊！」

兩個人小心翼翼地走向小木屋，伍小欣難掩內心的恐懼。她戰戰兢兢的躲在顧君身後，顧君輕拍了拍她的肩膀說：「不用怕，沒事的。我們去看看。」

不知道是因為顧君已經有修為了，還是他天生要保護弱小，他強裝鎮定。雖然心裡也是非常緊張，但他同時還不斷地安慰著伍小欣。

「那是什麼聲音？」還沒靠近木屋的時候，顧君已經聽到了一個女人在吶喊亂叫，「又哭又笑的……」

伍小欣說：「那就是媽媽，真不知道她發生什麼事。村裡人都說她中邪了。」

顧君說：「沒事，我們靠上去看看。那邊有個小窗口，我們在小窗口裡面偷偷看進去就行了。」

顧君帶著伍小欣走到小窗口，往裡面看了一下，伍小欣忍不住就想哭。顧君趕緊捂住她的嘴巴，輕聲說：「不能哭！否則她可能會聽到我們的聲音。那時候我們也不知會發生什麼事。」

他倆從窗縫裡窺視裡面的女人，識海裡的小和尚突然對顧君說：「小君，她不是生病，她是受到邪靈的困擾，應該是有鬼魂附身了，所以她現在的意識不是她本人，而是那道鬼魂的。」

顧君說：「鬼附身，真有這種東西啊！」

小和尚說：「當然有！但這個情況並不算太嚴重，不過以你現在的修行是無法驅除它，要有虛木的修為才可以。」

顧君明白其中原委，於是恍然大悟地說：「我知道了。」

顧君跟伍小欣說：「小欣，你媽媽不是生病，她的意識被一個靈魂附身。只要我們把那個靈魂趕走，你媽媽就能恢復正常。」

伍小欣注視著顧君，壓抑著內心的恐懼說：「鬼附身？真的嗎？那怎麼辦呀？」

顧君對伍小欣說：「不用擔心！我認識龍山寺的虛木太上長老，明天我去問一問他，請求他怎麼樣能夠救你媽媽？」

「好啊。」伍小欣非常高興地對顧君說：「如果你能幫我救回我媽媽那就實在太好了。謝謝你顧君！」

顧君堅定地說：「沒問題。明天我就去求求虛木太上長老，讓他去看看你媽媽，或許能找到解決的方法。」

「好的。」小欣瞬間轉哭為笑，「走吧！看完媽媽了，我們現在去探望你外婆。」

兩人一起離開小木屋，準備共同面對現在的困境。他們充滿希望和勇氣，期待明天能找到解救伍小欣母親的方法，讓她重獲自由與平靜。

第十六章 ❀ 外婆

顧君和伍小欣踏上了前往外婆家的路途。伍小欣有些害羞地對顧君說：「顧君，我還是先回家，你自己去看外婆吧。你保重。」

其實在小農村，小孩五六歲到處走是非常正常的事情，大家都是覺得非常安全。這與現今社會互信不足的情況完全不同，現在小孩是不能夠單獨外出。

顧君的大姐在六歲時就已經開始獨自地為三個弟弟妹妹煮飯，獨力完成家務真令人不可思議哦！雖然顧君非常敬佩這位大姐，但同時間希望令自己變得強大，內心更加堅定。

顧君對伍小欣說道：「那你自己回去要小心，明天學校見。我一定會去求虛木太上長老幫你媽媽，不要過於擔心，你媽媽很快會沒事。」

小欣微笑地對顧君說：「我知道你肯定幫我想辦法，解決這個問題，我一直都相信你。」

分開之後，顧君自己走向了外婆家。

顧君輕輕敲了敲外婆的小木屋門，說道：「外婆，我來啦，我是小君。」

他發現外婆不在家，家裡也沒人，他猜想外婆可能出去了。

事實上，顧君的外婆背負著一個非常悲傷的故事：外婆在十一歲的時候跟著父母從印尼來到了海安鎮。她的父母當時是比較富有的印尼華人，家裡有橡膠園及其他產業。但是，當他們帶著外婆來到海安鎮省親的時候，她父母發生了意外去世了，令沒成年的外婆沒有辦法回去印尼。外婆只能寄住在一個位於王家村的遠房親戚家裡。外婆在十四歲的時候就嫁給了外公，兩年後誕下了顧君的母親。

顧君無法看到外婆，思索著：「嗯，該怎麼辦呢？」突然，他回頭在小巷子口，見到了外婆。外婆也看到了他，說：「唉，小君你來啦，你來看我呀，怎麼啦？」

顧君問外婆說：「外婆，聽說後面那個伍小欣家的媽媽是不是有點事？」雖然小和尚已經告訴他了，但他還是想進一步瞭解一下。

外婆就跟他說：「是啊，那人應該是遭遇邪氣了。」

外婆對這些三教九流、撞邪降頭的東西十分憎惡，並說：「你千萬不要靠近她，知道嗎？很危險的啊！」

之後問道：「小君，你吃過飯了嗎，餓不餓呀？」

事實上，外婆家比顧君家更加貧困。外公很喜歡喝酒，所以家裡的大部分收入都給外公拿去了。顧君對外公的印象相當模糊，在他的印象裡外公是一個極為普通的工地工人。外公不太回家，總是跟工友在外喝酒，所以外婆獨自一人支撐整個家庭。

外婆從口袋中摸出一張非常皺巴的五分錢，遞給顧君說：「小君這五分錢，待會兒你拿去買糖果吃，知道嗎？」

小君擺了擺手說：「外婆，不用不用！我有！你看我還有兩顆糖果！媽媽今天早上給我零花錢了。」

外婆堅持說：「沒事，你拿著。」

其實這個外婆是非疼愛小君，因為媽媽是外婆的大女兒，而顧君是這個大女兒唯一的兒子。小君是外婆的第一個男外孫，所以外婆對這外孫是非常疼愛。

小君推開外婆的手說：「外婆，不用不用，真不用！我不是來跟您拿錢買糖吃，我只是來看看你。我當時送了伍小欣回家。」

外婆再三的吩咐顧君地說：「你不要跟他們走得太近啊，知道嗎？因為會有危險啊！她媽媽現在情況不太正常。」外婆還是非常關心顧君。

為了不讓外婆擔心，顧君對她說：「沒問題，外婆你放心啊。我就是關心一下同學，這個錢我不要了。」

外婆堅持將那五分錢塞進顧君的小口袋中，說道：「你拿著吧！外婆現在沒什麼錢，以後有多些錢時，我再給你買蛋糕吃。這五分錢可以先買點零食吃。回去吧，我沒事，你去告訴你媽媽一聲。這週末我去探望你們，好嗎？」

顧君回答道：「外婆，我會告訴媽媽的。你自己要小心，那我先走了。」

他向外婆揮了揮手，回家。

第十七章 ❖ 法陣

顧君跟外婆道別後，便疾步回到家中。他迅速完成當日學校功課，明白生活經歷也是修行的一部分。

接著，他坐在小房間裡盤腿開始修煉。濟生和小和尚都與他說過，他每天必須要努力完成運行小周天的基本要求。然而，無論他多努力，他發現真氣在經脈中流動時並不順暢，與在龍山寺中的運行相比大有阻滯。他花了近兩個小時，才完成一個小周天的運行。

他心中疑惑：理論上今早第一次應該更困難，但為什麼半個小時便能完成呢？我在家裡要用多四倍的時間，才辛苦地完成一次呢！

他嘗試在識海裡尋找小和尚查詢，但小和尚似乎沒有理會他。他只好暫時擱置這個問題，打算明天再向虛木和濟生請教！

他繼續盤腿去領悟佛修的真義。開始了對佛的修行，專心致志地領悟真理，修煉內力及少林羅漢拳。時間飛逝，大概又過了兩個多小時，家裡的人都回來了。

顧君告訴媽媽有關外婆的情況，媽媽才沒那麼擔心。

第二天，濟生來接顧君到龍山寺。當顧君見到虛木時，他詳細講述了昨天伍小欣家裡的事情，問虛木有什麼想法和解決方法。

虛木雙手合十，尊敬地對顧君說：「師祖，伍小欣的媽媽應該不幸碰上了冤魂，可能她最近的氣場轉差，所以冤魂就容易附上她的身體，令她失控地大叫大喊。只要能夠成功超度冤魂，這個事情便可以完美解決。這樣吧，今天下午可以解決此事，我建議讓濟生陪您去一趟吧，也趁這機會給他歷練歷練！」

顧君言道：「好啊，待會兒我跟濟生商量一下，讓他今天下課到學校接我，我們去解決這個問題。」

虛木接著跟顧君說：「師祖超渡眾生，包括超渡冤魂，也是其中一環啊。」

顧君又問虛木：「我昨夜在家裡修煉時，發現我在這裡半個小時就能走完一次小周天，但是昨晚我在家中卻艱難地花了兩小時才走完一個小周天……」

虛木驚訝地看著顧君，答道：「師祖，你昨天已經能夠走完一個小周天，非常厲害，當年我足足花了三個月才能成功。不過我先跟您解釋一下，您知道為什麼龍山寺被稱為『龍山寺』嗎？」

顧君問道：「不知道，你可以告訴我嗎？」

虛木接著說：「龍山寺於一千多年前建成，也就是您的前世年代。據說這裡曾經是個破落的小山村，但是有一位修行界的大人物，修成佛道。在這個小山頭裡面，佈下了一個『天龍八部陣』。『天龍八部陣』是個聚集靈氣的陣法，該陣法由當年那位高僧用了八塊靈石而佈下的陣法可以聚集周邊靈氣，助於修煉。陣法的八個位置代表天地八方，每塊靈石各自代表著一個方位和屬性，共形成了完整的天地八方陣法，能夠聚集附近的天地靈氣。

『天龍八部陣』成功吸引了周邊的靈氣，使龍山寺成為一座擁有非常濃厚靈氣的寺廟。在這陣法裡修行，有非常大的幫助，因為它的靈氣比附近要來的濃郁很多，所以您在這裡修行會比在家裡要好很多。

因為『天龍八部陣』會將周邊的靈氣集中於陣裡，所以您昨天只需用大半個小時就能運轉一次小周天。在家裡卻要用兩個小時，是因為靈氣濃度和這裡是不一樣，這就是『天龍八部陣』的威力。

那位高僧用八顆靈石作為陣法的啟動和靈氣聚集的中心。經過這一千多年，靈石已經慢慢的失效了。如果沒有新的靈石補充，這個陣法估計再過個十年就沒有能量了。」

「靈石？嗯？」顧君第一次聽到這個奇怪的詞彙，瞭解靈石是可以產生靈氣，而且可以用來作為是啟動陣法的媒介。

虛木說：「是的，師祖。您看，其實在修行人的眼裡，玉石也是靈石，但那是上不了檯面的靈石，它裡面的靈氣太少了，所以才會流落到眾生界。

當靈氣越豐富，玉石的質量會越高。當它突破到一定的臨界點時就變成靈石，但是在凡間所流行的玉石，包括帝王綠或者其他好的樹脂玉石，都並不是真正的靈石。

顧君說：「哦，明白了。」

虛木繼續說道：「但是一般世間的玉石也是非常珍貴，我們更看不到稀有的靈石。」

虛木從口袋裡拿了一樣東西出來，說：「師祖這個給您。」

顧君目睹虛木打開手掌，發現一顆明亮翠綠的靈石。

虛木隨即道：「師祖，這是一塊於一千多年前流傳下來的靈石，本來是用來補充這陣法唯一的靈石。您拿去吧！這個對您在家裡修煉應該有非常好的幫助。」

「不用不用！這個留在龍山寺來補充它的靈氣就好了。」

虛木說：「不是的，師祖，您修為的回復最重要。其實靈石在您手上比在龍山寺重要多了，希望您可以理解。只有您的實力越強，世俗人的將來才更有希望啊！」

「好吧。」顧君只好把那個靈石收了下來。

虛木認真地跟顧君說：「請您一定要保密，因為這是非常珍貴的靈石。在現今世代，靈氣非常欠缺的情況，靈石顯得極為重要。在我所知道的過去一百年裡面，我手上的這塊靈石是我知道存在的少數靈石之一，暫時我還沒有看過其他任何人擁有類似的靈石，萬金都不能換它的靈氣。儘管靈氣不如以往濃郁，但足夠您現階段的修行需求。有了它，您的修行將比在龍山寺順利十倍以上。」

顧君非常驚訝，也就是說：他在家裡沒有了靈石的情況下，他用兩個小時整才走完一個小周天。

在龍山的陣法，他要用半個小時；那如果再快十倍不就是三分鐘就可以走一個小周天了嗎？他非常驚訝，跟虛木說出了這個計算方式。

結果虛木笑了笑說：「將來您會明白。對您目前的恢復而言，此靈石至關重要，請絕對保密。好了，我們開始今天的佛修。」

接下來的半小時，虛木跟顧君開始了一場領悟佛法的修習。大概在七點，濟生再次敲門，帶顧君離開。

但是這一次，虛木就跟濟生說：「今天下午你要去學校接師祖，隨他去王家村去解救那位女施主。」他把詳情跟濟生簡單描述。

濟生躬了一躬說：「知道，師叔，我會去的。」

第十八章 ❖ 佛光初現

當濟生與顧君完成了是日的法修之後，顧君明確感受到龍山寺的氣場能夠讓他在短短半小時內完成一次小周天的修煉，甚至今天竟然能勉強地走完兩次小周天。這讓當濟生非常震驚及羨慕，但後來他冷靜下來思考：這其實是非常合理的，皆因太師祖正在恢復自身的功力，而不是重新修煉。

當他倆來到學校門口時，伍小欣已經在那裡等著。顧君本來是希望晚點見到伍小欣的時候，跟她解釋今天的安排。伍小欣走了過來，她手上還拿著一個饅頭，對於顧君而言，他們家每個月只有一兩天可以吃到饅頭，其他時間只能靠地瓜度日。

「顧君，這是我今天的早餐。請你吃。」伍小欣說道。

顧君搖了搖手說：「不用不用，你自己吃，我相信你還沒吃呢！」

伍小欣說：「沒事，我今天有兩個饅頭。媽媽被他們關起來了，村裡特別照顧了我們，給我們送來了五個饅頭。我吃了一個，又多拿了一個，想請你吃。」

其實顧君聽到這句話感到心頭一震，感動萬分。這麼小饅頭就種下了一個非常可悲的心，真是眾生皆苦啊！顧君把饅頭接了下來後說聲：「謝謝。」

顧君對伍小欣說：「我今天早上找了虛木太上長老。」因為附近的村都知道龍山寺有個高僧叫虛木，大家覺得他非常神秘。

本來對於伍小欣來說，顧君能夠認識虛木太上長老是一個不可思議的事情，但是這時她沒有想那麼多。因為對於她來講，顧君就是一個從小到大的知心朋友，而且這時候她最關心的還是她媽媽的安危。

顧君自信地跟小欣說：「我今早親自去找了虛木太上長老，有幸遇見他的弟子，今天我們下課後他會來接我們。因為他懂得為他人治病。」

小欣目瞪口呆地對著顧君說：「真的？真的？你真的求到了虛木太上老幫忙啊？而且是他的弟子啊！那我媽媽肯定能夠脫離困境。」

小君自信地拍了拍胸口，說：「肯定沒問題！我昨天不告訴你了嘛？你的問題我來想辦法，以後你有問題都一起商量解決。」

小欣心生喜悅地說：「那我們先上課吧。三點鐘在校門口等，好不好？」

「當然好，待會見啊。」

大約三點多的時候，顧君出現在學校門口，他看到濟生已經在遠處等著他。

顧君看到小欣的時候，他就跟小欣說：「我們走吧。濟生大師已在那邊等待我們了。」

他們一起往著王家村方向前行，顧君引導伍小欣至濟生面前，跟濟生稱：「濟生師父。」

濟生一瞥，心領神會。

顧君說：「濟生師父，這是我的同學伍小欣，她媽媽出了一點狀況，我已經跟您說過了，你看看怎麼樣幫得上她，好嗎？我們一起去看看。」

濟生雙手合十，恭聲道：「好的施主。」

伍小欣連忙地說：「謝謝，謝謝濟生師父。」對伍小欣來講，這是最重要的事情。

他們走了大概二十分鐘左右，到了那個關著伍小欣媽媽的小木屋門口，濟生對著兩個小孩說：「請你們走到我後邊去，我先入屋查看一下。」

濟生眼見婦女頭頂有冤魂纏繞，她完全失去了自我控制，四肢不由自主地抽搐。

他迅速從腰間取出木魚，口中默念佛經及咒語，對著婦女說：「孽畜，收！」隨即敲擊了三下木魚。

然而，那冤魂驅動著伍小欣媽媽的身體張牙舞爪地對濟生說：「就憑你？你收不了我的！你太弱了。」她手中凝聚出一隻黑爪向濟生抓了過來，把濟生手上的木魚搶了過去，丟到一了旁。濟生臉色變得無比蒼白，無力地噴出一口精血，匆忙退出小木屋，坐在地上喘氣，一時間說不出話來。

顧君見狀，急忙問道：「怎麼啦？濟生師父你沒事吧？好了沒有，解決了沒有？」

濟生回覆道：「抱歉，這個冤魂太強大了，我暫時收不了，我要回去跟虛木長老再商討一下對策。」

突然，顧君識海中的小和尚對他說：「小君啊，濟生修為不夠強大，無法渡化這冤魂。你告訴濟生，讓他打開他的識海，我將傳送一道力量進去，幫助他暫時提升修為。使他從築基境三層暫時晉升至築基境六層，那麼他就能把冤魂收了。雖然這不是最理想的方法，但卻是當下最好的方式。因為我感受到伍小欣的母親已經命懸一線。冤魂一直在侵蝕她的生命，如果我們不能儘快解決冤魂，她的生命將面臨危險。所以，這是現在我們唯一能做的。」

顧君擔心地說：「真的要這樣嗎？要不明天我去找虛木長老。」

小和尚說：「其實……這可能連虛木也解決不了，它比我估計中兇惡，而且時間也來不及了，還是讓我來吧！不過你要記得，這件事之後你可能會有一段時間找不到我，但你一定要多吸收靈氣，會幫助我加速復原，知道嗎？」

顧君點了點頭，對著小和尚說：「知道了。辛苦你了。」

小和尚對著顧君說：「辛苦我？我本就是你，辛苦的是你自己。」

顧君說：「隨便吧，都一樣。反正小心點，這事一定要好好解決。」

「嗯，好的。」

顧君回頭對濟生說：「我現在要把我的修為打進你的識海，暫時提高你的修為幫你解決這個問題啊！你不要問為什麼，因為這些事現在我解釋不了給你聽，你也不需要知道。知道嗎？」

濟生點了點頭說：「是，我明白了。」

一道耀眼的白光從顧君的眉頭中間射出來，濟生的整個臉色從蒼白變成了粉紅，氣息一直往上升，接著濟生非常有氣勢地站了起來，走向了那個小木屋，敲了顧君借給他的木魚一下，那個冤魂接著說：「你怎麼突然變得那麼強大？而且你的法器是不一樣的！」

濟生說：「塵歸塵，土歸土，你就讓我幫你超度輪迴吧！這一切都是我佛的安排。」

當濟生再次敲響木魚的時候，一道光從木魚裡散了出來，照在那個冤魂的頭上。

雖然那個冤魂非常不情願地苦苦掙扎，但是它也沒有辦法抵抗那束純潔佛光。

那個冤魂就這樣被那道佛光吸收了。顧君發現木魚吸收了那個冤魂後，木魚的顏色更加有光澤，甚至發出一道閃耀的光芒。

濟生收了那道冤魂後，伍小欣的媽媽突然間清醒了。伍小欣馬上撲進屋裡面跟媽媽說：「我的同學顧君來救你了，他請了龍山寺的高僧來解救你了。您認得我嗎？你記得我嗎？媽媽！」

媽媽伸出了她那粗糙的右手，摸著伍小欣的頭說：「小欣，媽媽是不是生病了，把你嚇壞了？」

「媽媽，您沒事了，我們回家吧！」

伍小欣的媽媽說：「媽媽沒事了，一切都會變得更好。」

她也對著顧君說：「小君，謝謝你照顧了伍小欣。嬸嬸也謝謝你救了我。」

同時她感激地對濟生說：「大師，謝謝您。沒有您的話，我就沒有以後了。」

濟生對著伍小欣的媽媽說：「一切都是佛的安排。」

第十九章 ❖ 開悟

伍小欣的媽媽溫柔地牽著伍小欣的小手，濟生和顧君默默地守護在後，護送她們平安回家。然而，伍小欣的媽媽心中充滿了疑問：為何顧君能夠請得到龍山寺的高僧而且還默默地跟隨在後護送？她對顧君的身份產生了一絲疑惑。

其實，這些問題並不重要，重要的是顧君的眼裡看到了一個精神狀態健全的媽媽，還有伍小欣的快樂笑容。顧君並不知道，原來這次因緣際會的拯救伍小欣的媽媽，是他這輩子首次普渡眾生。因果緣分，有因才有果，有緣才會有分。

什麼叫「分」呢？隨著我們的成長，我們成熟的智慧便會慢慢理解「分」即是「同伴」的意思，因為有了「因」才能有「果」。緣分是雙方的，所以緣分的「分」是同伴的意思。在你漫漫人生旅途中，每當你找到一個良伴，那就是「緣」。

顧君非常高興地將伍小欣和她的母親安全送回家，但在臨近門口的時候，濟生叫停了大家的步伐，對著伍小欣的媽媽說：「女施主，今天發生的事，請您務必保密，特別是顧施主的身份，還有他的能力，請你們也不要透露出去，只需說今天只有龍山寺的高僧來幫助你解決難關即可。」

伍小欣的媽媽看了看濟生和顧君，隨即點頭道：「我明白的，這些事情，你們佛門裡有很多不為人知的秘密。我會守口如瓶，不會洩露給外界知曉。小欣你聽到嗎？你也不能說出去。知道嗎？」

伍小欣看了看顧君，隨即點頭道：「我知道了，沒問題。」

顧君心裡並沒有其他想法，他只希望伍小欣一家安好。他對著伍小欣的媽媽鞠躬道：「謝謝你們的理解，你們以後一切都會平安。」

隨後，濟生對顧君說道：「咱們也走吧，今天我想跟你一起修煉，咱們要不先回龍山寺吧。」

顧君對濟生說：「今天不去了，我如果再晚回去的話，我媽會擔心我，今天已經出來夠久了，明天早上你來接我吧！」

突然間，伍小欣看著顧君說：「你為什麼要去龍山寺呀？你去幹嘛呢？」

顧君回答：「我每天早上都得去龍山寺修行。」

伍小欣感到非常詫異，她媽媽雙眼也放亮了，她們對顧君產生更多的好奇。她的媽媽心中泛起的疑問有了答案：為什麼顧君能請到龍山寺的高僧來解決我的遭遇呢？原來是因為顧君也是龍山寺的弟子。

接著，伍小欣又問：「那我可不可以也每天跟你一起去修行？」

還沒等到顧君開口，濟生說：「小朋友，不是每個人都有能力去修行。這件事以後再說，好嗎？我們先走了。」

顧君也對伍小欣說：「小欣，你要好好陪著你媽媽，她剛剛康復，我先走了，我們明天學校見。」

隨著對話的結束，濟生和顧君轉身離開，留下伍小欣和她的媽媽站在門口。

伍小欣的媽媽意識到，這次遭遇到的困境，得到了來自龍山寺的高僧和顧君的幫助，令她感激他們的援助，但同時也對顧君的身份更感到好奇。

回到屋內，伍小欣的媽媽坐在小木櫈上，思考著剛才所發生的一切。她想起了自己的病情和困境，以及濟生和顧君所展現的神奇能力。她感到自己置身於一個以前從未接触過的，充滿著奇幻和神秘的世界。

同時，伍小欣也蹲在媽媽旁邊，她的眼神充滿了好奇和渴望。她對顧君的修行和龍山寺充滿了嚮往，希望能像他一樣有神奇的能力。

媽媽靜靜地看著女兒，心中明白她對這一切的渴望和好奇。她開始思考如何向女兒解釋這些事情，自己和她如何也能一同走向開悟道路。

「小欣，你知道嗎？修行是一個非常特殊和神聖的事情。顧君能夠去龍山寺修行，有可能是因為他有特殊的身份和機緣。佛門的修行需要極大的毅力、智慧和奉獻，不是每個人都能夠做到的。」

伍小欣靜靜地聽著媽媽的話，她的眼睛閃爍著疑問。媽媽繼續解釋道：「我們每個人都有不同的道路和使命。顧君他們選擇了佛門的道路，而我們有自己的生活和責任。我們要努力學習、成長，做一個善良、正直的人，這就是我們的修行。」

伍小欣聽著媽媽的話，雖然還不完全理解其中的含義，但她能感受到母親的愛和智慧。她知道，媽媽會帶領她走向一個正確的方向。

第二十章 ❖ 《大乘經》

濟生送顧君回家後，顧君迅即遵從虛木的囑咐，盤腿靜心領悟佛法。今天的事震撼了他內心的深處，令他難以忘懷，同時促使他更專注致志地領悟佛陀的真義。

他進入了一個心流的狀態，縱使外在時空仍然靜止不變，但在他的領悟世界中，彷彿經歷了千百萬年的洗禮。

正如佛曰：「修行無歲月，萬年如一日。」顧君領悟到了菩薩道的第二階段。菩薩道一階是「眾生皆苦」。「眾生皆苦」是我佛慈悲心的體現，它指出了生命存在的本質和痛苦。所有的眾生，不論是人還是動物，都會在生命中經歷各種苦難，包括：生老病死、疾病、痛苦、悲傷、失落、煩惱等。

佛陀指出：我們之所以會經歷這些苦難，是因為我們執著於五蘊（身、受、想、行、識），錯誤地認為它們是真實存在的自我，但實際上它們只是短暫的經驗和現象。這種執著和誤解導致我們經歷痛苦和苦難，而開悟則可以幫助我們解脫痛苦。佛陀指出，同情心和慈悲心是減輕痛苦的關鍵。當我們意識到眾生都在經歷苦難時，有修行的人會對他人懷有同情心和慈悲心，並希望幫助他們減輕痛苦。

同時，修行也可以幫助我們減輕自己及他人的痛苦。「眾生皆苦」提醒我們要珍惜當下的生命，要活在當下，並關注內心的成長和靈性上的進步。菩薩道的第二階段是「信」，必須要深信自己，相信佛法會賜予你無邊的法力。絕對相信佛陀會帶給我們無邊的信念。顧君在這一領悟裡感到非常舒服，慢慢升華到了另一個境界。

與此同時，他對心中那本《蓮花妙法真經》有更加深入的認識，它是極高層次的經典，世俗人難以完全領悟。他現在只翻到第一頁，卻已能領悟到菩薩道的真諦。小和尚不停地解釋著：「佛陀曾經說過，信念是面對困難時的重要基石，是成佛之路上不可或缺的元素。信念幫助眾生，包括人和動物以至於萬千世界一切生命，積極面對生命中的苦難，追求靈性成長，實現解脫和覺醒。

信念在面對生命中的苦難時起著重要的作用。生命中的苦難是無法避免的現實，然而，信念能夠讓我們保持平靜，相信自己有能力克服逆境。當我們深信眾生在經歷苦難時，也更容易接受生活的挑戰，並找到解決問題的方向。

此外，信念對於追求靈性上的成長也至關重要。佛陀曾說：「信念能夠激勵眾生保持修行的動力和積極性。」當我們堅信佛法的教導，眾生通過修行可達到覺悟的境界，我們將更全情投入修行的旅程，並更容易實現靈性上的進步。

同時，信念也是實現解脫和覺醒的關鍵。佛陀告訴我們：「信念是實現解脫和覺醒的必要條件。」當我們對佛法的教導深信不疑，相信通過修行能夠達到覺醒的境界，我們將更容易實現目標，並堅守對佛法的信仰與奉獻。

小和尚不斷在顧君識海中解釋著這些道理，讓他深入理解佛法的真義。這些真理如同佛光照亮他內心的迷茫，指引著他走向智慧與覺醒的道路。

當顧君沉迷於領悟中……突然間，聽到外面傳來聲音。

原來，他的家人們都回來了，把顧君從領悟世界裡帶回現實之中。雖然他極度渴望地將自己的領悟分享予家人，但他清楚知道他們的智慧根基並不如他一樣深厚，需要大量的時間和教導才能理解佛法的真諦，更重要的是要有合適的時機與緣分。

顧君慢慢突破到菩薩道的第二階段，但他更清楚明白目前的境界仍不穩固，必須加緊修行和鍛煉，以獲得更深厚的積累。同時，他更沒有忘記自己的初衷：希望以最大的自我努力改變家中狀況，令家人過上無憂無慮的生活。而這個領悟使得顧君更正面的去面對現在的環境，同時也培養了他後來去港島面對一切困難的勇氣和態度。

顧君一家人，除了遠方的父親，圍坐在一起共用晚餐，雖清茶淡飯，卻滋味無窮。雖然他們還沒有深入討論佛法的領悟，但顧君的內心充滿了慈愛和同情心。他們相互關心著彼此，分享著生活中的喜悅和困難。顧君明白，每個人都有自己的成長節奏，他會耐心地等待時機，以合適的方式分享自己的體悟。

第二十一章 ❀ 築基二層

當顧君享受著母親與姐妹們溫暖和愛的包圍時，一個平靜的晚上又過去了。

第二天旭日初升，虛木見到顧君時驚訝地說道：「師祖，您突破了！」

顧君回答說：「我好像領悟到了『信』。」

虛木在當下簡直無法相信這個進度，皆因顧君只花了七十二小時的時間，便徹底領悟到眾生道到菩薩道、一階、二階。相比之下，虛木花了十幾年才從眾生道走到菩薩道，從一階走到二階又花了三十多年，顧君對佛的領悟真令人無法想象！佛經箇中的信念是多麼困難啊！

虛木雙手合十地對顧君說：「師祖，咱們今天可能先暫停佛修吧！您的佛修已經突破二階了。反而您的法修要儘快跟上，所以我建議您接下來三天專注於法修！」

顧君也表示同意：「對，我也是這麼想。我想在接下來的兩三天，專注地學習法修。」他對濟生說：「請帶領我法修吧。」

濟生恭敬地回應道：「是，太師祖。」他們再次一同演練了少林羅漢拳，顧君發現自己的力道和技巧比昨天更加順暢。

顧君對濟生說：「濟生，我昨天在家裡沒辦法去運行小周天，不如我們現在試一下吧。」

濟生答道：「好的，我們現在一起運行小周天。」

顧君坐在那棵小樹下，盤著腿開始進行小周天的運行，他發現他昨天要用了大半個小時才能完成，但他剛用了二十分鐘便運行了一個小周天。」

他驚訝地對著濟生說：「濟生，為什麼我今天只用了二十分鐘就能夠完成一次小周天呢？」

濟生尊敬地跟顧君說：「太師祖，昨晚在家裡沒有天龍八部陣的情況之下，您用了兩個多小時便達成小周天，其功力比大部分人還要高！現在您的經脈已打開了，運行的週期已經開始了，並且在無時無刻地自動運行。現在的您實力非凡，幾乎沒有人能夠在短時間內完成一個小周天的運行。就算我現在要做一個小周天，也需要大半個時辰啊！太師祖，您讓我太羡慕了。」

從這一刻開始，顧君更加堅信著與佛的緣分，認為一切都順應著天意的安排。

突然間，顧君跟濟生說：「我感覺不太妥當，我還得再試幾次。」

顧君又閉起眼睛奮力運行小周天。不到半個小時的時候，顧君發現自己的經脈突然像萬馬奔騰般打開了，一下子就突破了築基界第二層。

他發現自己小周天似乎與濟生不同，便轉向濟生問道：「我們切磋一下少林羅漢拳吧！我打你一拳，你來接著。」

濟生說：「太師祖，恕弟子無能為力。」

顧君還是堅持地說：「我們都試一下，你來打我一拳，讓我來接著吧。你盡全力地用菩薩道跟築基三階的狀態來打我一拳，我來接著！」

濟生雙手合十，虔誠地對顧君說：「太師祖，好，那我就試試看。請太師祖恕罪，弟子放肆了。」

顧君點了點頭，對濟生說：「不要只試試看，你要竭盡所有力量來打我一拳，我想試我的力道，你必須要盡全力。」

「好！」濟生蹲下馬步，慢慢運起他的真氣內力。他右手猛的打出一拳，結果，顧君抬起了他的右手，接住了他的拳，好像沒有任何感覺。濟生驚訝不已，明明他已達到菩薩道三階，也是築基三層。他的一拳包含了三隻老虎的力量。縱使顧君是屬於築基二層，但很輕鬆地接下了這拳。

「阿彌陀佛！」濟生雙手合十，敬佩地對顧君說，「太師祖，我沒有辦法解釋您現在的情況。」

顧君低了低頭，合上了眼睛，心裡沉思一會：嗯，有什麼不一樣呢？他審視自己的經脈，識海裡的小和尚說道：「小君，不要跟他們比較，你是獨一無二的。簡單來說，他們的經脈像一條小溪，你的經脈就是長江大河，你現在雖然會比其他人更加容易突破，但你將來的鍛煉都會比他們辛苦十倍。可是，你不需要跟他們解釋，因為這世界不是每一個人都能夠理解。你自己知道就好。」

「是。」顧君張開了眼睛，對著濟生說，「你這一拳有三虎之力，對嗎？你跟我出去。」顧君跟濟生走到了龍山寺的門口，那裡放置著一個大寶鼎。

顧君對濟生說：「你能夠舉起那個寶鼎嗎？」

濟生很謙虛地跟顧君說：「太師祖，我沒辦法啊！這個寶鼎有十虎重量。我現在才築基界三層，我舉不起來啊！」

顧君說：「讓我試試看。」

濟生聽到後非常驚訝。因為要舉起這寶鼎是需要築基六層，只有虛木師叔才有可能做得到。

顧君集中精神，通過他的識海，變成了一股堅不可摧的法力。一口精氣在身體裡面高速流轉，他伸出了右手食指，對著寶鼎點了點，說一聲：「起！」

他根本上沒有真的像濟生去運功。他只透過信念，指著寶鼎說：「起！」那寶鼎就往著天空升起了一呎之高，並且霎時間地面上揚起一片灰塵。

顧君看著濟生說：「濟生，這就是法。我們通過修煉一切的佛而衍化而出的法。修佛的過程得到的是什麼，修法之後得到的又是什麼，你知道嗎？不是力氣，力度是最簡單，而是信念裡面的『法』，一念變萬法，你知道嗎？」

濟生有如被當頭棒打一樣的，他發現自己修煉了十年的菩薩道三階，那桎梏竅門終於有松動的感覺！他雙手合十地對顧君說：「謝謝太師祖。弟子受教。」

第二十二章 ❈ 小欣的媽媽

濟生看完顧君「法」的示範後，心中震驚萬分，遂送顧君回校上課。可是，今天顧君跟濟生說：「你不用送我過去，以後我能獨自回校。」

顧君意志堅定，不願經常依靠他人。他覺得現在已開始修行，並且已擁有一定的修為。

顧君深信「修行無歲月」，並且堅信實踐佛法需要腳踏實地。這也正是濟生的師父當年同意濟生出外修行十多年的原因，希望他能透過苦行領悟「眾生皆苦」，明白一切皆有安排之佛理。

能與佛緣分深厚，這個緣分哪有那麼簡單呢！

儘管如此，顧君仍然像普通人一樣上學。他快到學校時，在遠處看到伍小欣和她媽媽站在學校門口。他二話不說地奔向了她們，問候道：「小欣媽媽早上好！你們怎麼會在這裡呢？」

小欣接著對顧君說：「媽媽昨晚睡得很好，她要今早在這裡等你，親口跟你說謝謝。」

小欣的媽媽從口袋裡拿出了一毛錢，跟顧君說：「我們家裡沒什麼錢，但是我知道你家境也不是特別富裕，這點零花錢你拿著買糖果吃。」

顧君搖了搖頭，堅決地對小欣的媽媽說道：「不用不用，我不需要。這個錢你留起來，將來還會有用的！我家裡每星期都有給我零用錢的。」

小欣媽媽非常堅持地說：「小君，你收下吧。」最終，顧君答應收下這一毛錢，並打算明天捐給龍山寺。

小欣的媽媽明白這是一種緣分，通過顧君與佛結下了不解之緣。

顧君跟對小欣媽媽說：「小欣媽媽，我要去上課了，小欣你要上課嗎？還是你要請假陪你媽媽回去？」

小欣媽媽回答：「不用了，我自己回去。小欣，你跟小君一起去上課吧。小君，這一毛錢別弄丟了。」

在小欣的媽媽心中，顧君是個懂事的好孩子。顧君肯定地回答道：「沒問題，我會放在口袋裡，明天交給濟生。」

顧君的家境並不富裕，爸爸遠在港島，也沒有多餘工錢寄回家。媽媽一個人養起四個小孩，而且只能在公社裡吃大鍋飯，家裡有一塊屬於自己的農田，種一些蔬菜來賺點額外的收入養家。媽媽每星期會給幾個兒女兩毛五分錢的零用錢。星期一是上學的第一天，所以他們在星期一會有一毛錢。星期三會有五分錢，最後在星期六收到一毛錢，週末與其他小朋友一起玩耍時可以買零食。

但是，八十年代的華國還是一窮二白，但顧君幾個兄弟姊妹都在禮讓和諧的氣氛中成長。大姐幾乎沒去花這個錢，那零用錢幾乎都給了弟弟，讓弟弟幫忙買零食。

那時候在農村裡，五分錢可以買三塊炸蝦片，每次顧君去幫大姐買的時候都會跟她調皮地說：「大姐，買三塊回來，我要兩塊，你只能吃一塊，而且我要吃大的那兩塊！」大姐每次都跟他說：「沒問題，你吃兩塊我吃一塊，你去買吧。」這三塊炸蝦片增加了他們兄弟姊妹之間深厚的感情。

每當顧君回憶起這些小時候的趣事，心中充滿了感激和愛。

第二十三章 ❈ 三伯伯

顧君度過了一天甚有規律的學習生活，放學後如常和顧高一起回家。然而，他們在半路上碰到顧高的爸爸，也就是三伯伯。三伯伯和顧君打招呼，並告知他們在新的學年將會轉學校。

「為何我們要轉校？」顧君疑惑看著三伯伯問道。

三伯伯跟顧君說：「下學期你們要轉去另外一家小學，不再是正養小學，你們要轉去中心小學，那間學校的老師們大部分都是我的朋友，他們會更悉心關心你們的學習。」三伯伯的心地非常慈祥，在他的心裡面，我們永遠都是他的孩子，而且是至親的那種。

顧君問道：「三伯伯，我是一個人轉校，還是和顧高一起轉校呢？」

三伯伯笑說：「當然是你們兩個一起呀！那所小學的競爭非常激烈，為了幫你們爭取這兩個名額，我已經動用了很多人脈！你們一定要好好學習，知道嗎？」顧君心想：轉學啊……那以後就見不到伍小欣了。希望她以後能過得安好吧。

於是，顧君每天晨早開始他的修煉、上學，直到那一年的九月份，他和顧高便正式轉校了。他們就讀的班裡有六十多個小孩，只有顧高一位是他認識的。雖然一切的陌生感令他感到一絲不安，但他明白三伯伯始終非常關心他們的前途。

因為顧君的父親從小便在社會打滾，與爺爺務農維生。三伯伯為了改變家庭的命運，所以力爭上游地讀書，皆因他深知知識能夠改變現狀，甚至可以擺脫辛勞的農業生活。

在顧君出生的那年，太爺爺的家族以及爺爺的兄弟姐妹們，在大宅院裡同年出生的有四個男孩，再加上接近他們年紀的十多個小孩。每天晚上，三伯伯都會將家族中的小孩聚集在一起。這不僅僅是為了自己的子女，也為了整個家族的後代。他們聚集坐在大廳的八仙桌前，共同讀書做功課，並由他親自教導，營造出良好的學習氛圍，力求讓他們脫穎而出，成為某一領域的優秀人才。

三伯伯深知知識可以改變命運，所以他希望帶給整個家族巨大的變革。這種偉大的心靈和心態，與修行中的我佛慈悲非常相似。他努力奮鬥，不僅是為了自己這一輩人，更是為了下一代。

他清楚地知道，他所做的這一切不僅僅是渡自己，也是渡家族，不僅是在影響當下的一輩人，還有無數的下一輩和下下一輩。他的目標不僅是當下的成功，更是希望這種改變能夠持續影響家族後代。

因為他深知子孫後代的前途比一切都更加重要，甚至向他們循循善誘地教導華國傳統思想，令他們在未來職業有所建樹的時候，也不忘初心，不負華國偉大復興的使命。

當時的農村社會普遍存在著重男輕女的觀念，所以三伯伯心中也存在著「望子成龍」的傳統觀念。他非常重視顧君的前途，顧君也因為從小父親都不在身邊，對三伯伯的悉心栽培感到無限感激。三伯伯在顧君心目中也是父親一般。

第二十四章 ❖ 林老師

轉學後開學的第一天，顧君跟顧高來到新學校，陌生的面孔及環境，令顧君感到一絲擔心及不安。

早上八點，上課的鐘聲準時響起，一位身材高高瘦瘦、戴著黑色粗框眼鏡，看起來四十多歲的男老師走進教室，說：「我是你們的班主任，姓林，以後大家叫我林老師吧！」然而，顧君注意到林老師眉頭上隱約有一條微細的黑線，於是他和識海裡的小和尚交流了一下。

小和尚跟他說：「小君啊，你這位老師的靈魂好像有點問題，我們現在不能輕舉妄動，因為我不知道他是什麼樣的人。你們才剛見面，我們暫時先觀察一下。」

林老師走到教師桌前面，對全班同學說：「今天我向大家介紹兩位新同學，顧君和顧高，他們是從正養小學轉過來，都是優秀的學生，希望大家以後能跟他們一起融洽相處。」

顧君拉了一下顧高的手，兩個人站起來跟大家說：「我是顧君，我是顧高。」後來顧君打聽到這個林老師是三伯伯的同學，同樣對書法著迷，認為書法是華國的國粹。而且這次能夠轉到這所更好的小學，也是多虧了林老師的幫助。

隨著時間的推移，同學們於小息時熱情的介紹，顧君逐漸熟悉了新環境，他心血來潮地問小和尚：「林老師究竟發生什麼事啊？」

小和尚告訴他：「林老師的問題比伍小欣媽媽的問題更嚴重。」

「什麼意思？我聽不懂。請詳細解釋一下。」顧君覺得這很深奧。

小和尚就說：「以你現在的修為來講，我很難跟你三言兩語地解說，他的七魂六魄中有一魂失蹤了，所以他現在看起來非常不健康，他的七魂六魄裡面現在只剩下六魂，沒有七魂。」

「什麼叫做沒有了七魂，沒有了一魂？」對顧君來講，這是很深奧的概念。

小和尚繼續解釋道：「我現在怎麼講你都聽不懂，但我可以告訴你，林老師識海裡面少了一個魂。簡單來說，欠缺的這個一魂如果在三天之內找不回來的話，他便會失去生命。」

顧君驚訝地看著小和尚說：「連生命也受到威脅……這太嚴重了！咱們能不能幫幫他呀？無論如何，我們都應該幫助他，不是嗎？」

小和尚閉著眼睛對他說：「你知道嗎？你幫他是會消耗你自身的法力，同時也會影響你的修行進度，你確定要幫他嗎？」

顧君堅定地說：「我們不是要普渡眾生嗎？我犧牲一點法力及修為算什麼？你告訴我應該怎麼做吧？」

小和尚接著說：「的確是，我們的責任是普渡眾生，但是這也必須是在你的能力範圍之內，以你現在的修為是幫不了他的……虛木也許能幫得上忙，但是這樣一來就會暴露你的身份。至於濟生，他更沒有足夠修行解決這個難題。到時候如果不行的話就可能要我親自出手。一旦我出手……你會因為施法而失去一部分修為，使得境界遭遇倒退；同時間我也會因為出手而陷入一段時間的沉睡。在那段時間裡面我是沒有辦法教導你的。你必須好好考慮清楚。」

顧君接著說：「我已經想清楚了，我要幫他！」

小和尚聽到顧君的決定，無奈地搖了搖頭，他知道顧君已經下定決心。他明白顧君心中的善念和對眾生的慈悲，但同時也擔心他的人身安全和修行進度。

第二十五章 ❧ 一滴精血

小和尚再次在識海中問顧君：「你確定要幫他嗎？這會消耗你大量靈力，你的修行會受到一定的影響。」

顧君與小和尚心靈交流，說：「我們要普渡眾生，不可能見死不救！佛家弟子的使命不能追求私欲，我們要拯救眾生，挽救一命，勝造七級浮屠！」

小和尚點頭說：「嗯，這樣想的確是沒錯。」接著小和尚就跟顧君交代一切他需要的東西。其實，如果不怕身份公開的話，顧君是可以帶林老師親臨虛木的寺廟，讓他親自出手。

下課的時候，顧君問林老師：「林老師，請問明天中午您有空嗎？林老師說：「顧君，你找我有事，我現在就可以。」

顧君說：「不是，明天十二點鐘我可以找您嗎？」

林老師說：「好，沒問題，你明天來找我吧。」

當天放學後，顧君告知顧高：「你自行回去吧，我有些事情要處理。」實際上，小和尚叫顧君準備竹子和紅繩，他要到外婆家後面的小竹林去取新鮮的竹子。

第二天中午，顧君準時跑到林老師的辦公室，跟他說：「林老師，您可以跟我出去一下嗎？」

他倆來到學校後方的小樹林，顧君對著林老師說：「林老師，您最近是否發生什麼事了？」

林老師說：「什麼意思？」他以為顧君找他問功課。

顧君跟林老師說：「林老師，您之前是不是出過什麼意外？最近是否難以安寧入睡？」

林老師很詫異地看著顧君說：「顧君，你怎麼知道啊？」

顧君很鎮定地跟林老師說：「您不要問我為什麼，您是否確實遭遇了一些意外？」

「什麼？」林老師說：「是的！我上個月的確發生了一個小意外，之後我一直都睡得不好。」

對於林老師來講，顧君雖是個小孩子，但他非常相信顧君。於是，他告訴顧君：「那天我差點被車撞到了，是晚上七點左右，在我改完功課之後回家的路上，之後便難以入睡。」

顧君跟林老師說：「林老師，我不方便告訴您，但是我可以幫你。請您把左手伸出來。」

顧君從書包裡拿出了兩根小竹子，夾住了林老師的手掌，並用紅色小繩子捆了三圈。接著，小和尚跟顧君說：「你現在跟著我唸，這個步驟都需要你親自學習。」原來，小和尚是趁中午太陽正盛、世間充滿了陽氣之時，在顧君識海裡說的每一句字，每一句「如是我聞」。四周環境風和日麗、凡間充滿鳥語花香之時，顧君專心致志地唸了五分鐘不同的法語，並打了一個法印，印在了林老師的手掌心。

他跟著小和尚的指示，咬了自己的手指頭，滴出一滴血在紅繩上，那根紅繩莫名其妙地消失了。小樹林突然起了一陣怪風，天色變得昏暗，周遭的樹葉都被怪風吹得四散，令林老師的身體不由自主地打了個寒顫。那陣風卻卷成一股如一條絲巾般鉆進了林老師的身體，顧君張開雙眼，看到林老師額頭的黑線消失了。這時顧君的面色也變得異常蒼白，那一滴血不是普通身體裡的血，那一滴血是他和小和尚運轉了一個小周天之後逼出來的一滴精血。

顧君突然覺得非常虛弱，感覺自己從築基二層跌回去築基一層，但他並沒有後悔，林老師很關心的問道：「顧君，你沒事吧？怎麼啦？是不是血糖低了？你餓了嗎？」他從口袋裡面拿了兩塊糖給顧君。

顧君說：「不用不用，沒事。我不是缺血糖。林老師，您現在感覺怎麼樣？」

「我發現我好像精神好多了。」林老師一臉舒服的回道。

顧君接著說：「您沒事了。您那天出了意外，雖然沒有被車撞到，其實你的七魂六魄裡面的一魂被嚇離體了。我剛用法術幫您把他招回來了。您現在應該沒事了。」林老師是個讀書人，他不太相信這些事情。顧君也沒太多解釋，他只是跟林老師說：「您現在應該感覺相對好多了，晚上能夠好好睡一覺。我們明天再談吧。」

林老師深深地吸了口氣，開始思考著顧君所言。他回想起自己過往對於身心靈的疑問，這次的經歷使得他重新獲得對此新層次的領悟。

「顧君，你是一個優秀的孩子。你的信念和勇氣讓我深受觸動，我感謝你幫助我重新找回自己。我們明天再深入談談這些事情，我希望能更瞭解這種力量和修行的奧秘。」林老師感慨地說道。

顧君微笑著點頭，他知道自己開啟了一段新的旅程，將繼續探索和學習更多關於心靈和潛能的奧秘。他希望能夠幫助更多的人，讓他們找回內心的平靜和力量。從那天起，林老師和顧君之間建立了一份靈性上的連結，他們將攜手走向一個全新的旅程，共同探索心靈的奧秘。

第二十六章 ❖ 恢復

顧君面帶疲憊，向林老師請求：「林老師，下午我想請半天假回家休息一下。」

林老師擔心地問：「你身體還好嗎？需要我送你回去嗎？我很擔心你的身體狀況。」儘管如此，顧君堅持自己回家吃午飯，卻沒有再回到學校。

回到家裡，顧君手中握著虛木送予的靈石，盤腿坐下，開始修煉，並且集中精神地運轉他的小周天。這塊靈石果然令顧君更加容易順暢地運行小周天，大概過了兩個多小時，體內的真氣在經脈間流轉不息，靈石散發的靈氣被他吸收並轉化為真氣內力。顧君的臉色逐漸紅潤起來，經脈比以往更為寬闊堅韌。

雖然他犧牲自己的法力，去拯救林老師的生命，幫他招回靈魂，但他內心因實現了普渡眾生而感到滿足。他也曾經嘗試通過識海去和小和尚溝通，但小和尚可能已經陷入沉睡，需要更多時間去恢復元氣。

接著，顧君在自己的識海裡再次打開了書裡的第一章「如是我聞」。

顧君內心非常渴望告訴家人有關修行的事情，他也很希望家裡的人能跟他一樣有修行的機會，但他要嚴格遵守虛木的建議，嚴禁將此秘密公諸於世。

顧君仍舊如往常一般，盤腿修煉，持之以恆地實踐修行之道。

雖然現在元氣稍有恢復，但他對於佛的參悟進度仍然緩慢。領悟也是考驗他的耐性及大毅力，深懂欲速而不達的道理。他看著真經的第一章，努力參透佛的真義。

第二十七章 ❖ 虛木的感悟

第二天一早，天剛矇亮，薄霧瀰漫在空氣中。濟生仍親自前往顧君家門口，把顧君接到龍山寺。

顧君對濟生說：「從明天開始，你不必來接我了，我能自己前往，但我希望你能教我輕功運行的法訣。」

濟生恭敬地回答道：「太師祖，等您待會和師叔完成佛修之後，我們今天一同來練習輕功。」

抵達龍山寺後，虛木見到顧君的臉色有極其不尋常的氣息，擔心的問：「師祖，您發生什麼事了？你的血氣看起來有些虛弱。」

顧君把昨天林老師的事跟他說，虛木就非常擔心地說：「師祖，這些事情應該由我們去處理，不應該耽擱您的修行和康復！我們沒有時間了。」

顧君凝視著虛木，一臉正經地說：「我本來考慮讓你處理此事，但我擔心你年事已高，恢復速度可能比我慢。因此，我決定親自出手，也不希望這事洩露出去。我謹記在心，若由你出手，村民們可能會有所察覺。」

虛木低著頭懊悔地說：「是的，師祖，是我無能，竟要連累到您親自出手。」

顧君對虛木說：「沒事，你看我已經恢復許多，不是嗎？昨天我回到家，使用你給我的靈石，現在只需要多一些時間就能完全恢復。我們現在開始吧，但是今天我想講講我的領悟。」

虛木說：「是，師祖，弟子虛心受教。」兩人盤腿對坐。

顧君開始解釋他對林老師這事的感悟，虛木驚訝地跟顧君說：「師祖，您使用這方法幫一個眾生去尋找他的靈魂，這並非一件簡單的事啊！這應該是至少要到菩薩道六階、築基六層的時候才能施展，您現在以菩薩道二階跟築基二層的修行去施展這個法術，對您的進度是有潛在的影響啊！這是在透支您的精氣血！您以後遇到類似情況，還是要三思而後行吧。」

顧君點了點頭，說道：「虛木，難道我們忍心看到眾生受苦，也不出手相助嗎？我們佛家子弟，與生俱來就是要普渡眾生之苦啊！更何況一切都有我佛如來的安排。我換了一家小學，而且認識了林老師，這一切都是緣分。」

顧君慢慢地講述著他的領悟：「我佛有緣，這種罕有的緣分有如一顆在黑暗天際中閃閃發亮的星星。光芒雖然微弱，但當我們的心變成一顆溫暖的太陽，發出萬千道光照亮身邊的人，這都是佛陀對於世俗人的恩賜，每個人都有平等的機會去努力實踐佛的修行。」

時間悄然流逝，顧君忽然睜亮雙眼，看著虛木，他發現虛木的氣息似乎有些不同。

虛木對顧君說：「師祖，感謝您的教誨。我在菩薩道六階逗留將近六十年，現在才感受到一絲突破的可能性。我過於執著佛經文字，應該明白修行中的含義。因為眾生愚昧無知，佛陀以無上方便法來向他們闡釋，希望如數家珍地傳授佛法的真義。剛才師祖所說的就是完美的詮釋，我受教了。」

虛木對著顧君躬身一禮，說：「我佛慈悲。」

第二十八章 ❈ 法修進步

顧君與虛木分享了佛修之諦，他對虛木說：「你快點坐下，趁這個機會趕緊領悟吧！頓悟需要機緣，也許你很快就能有所突破。」

虛木端坐，微躬身體，答道：「是，師祖。」

顧君隨後離開，親自尋找濟生。

顧君跟濟生說：「濟生，開始吧，我們今日學習輕功的法訣吧。」

濟生靈光一閃，回應道：「在探討此前，讓我們先思考一個問題：小鳥之所以能飛翔，螞蟻之所以能負重千倍，以及太師祖如何能單指托起寶鼎？事實上，其中牽涉兩大要點：首先，是您剛領悟的菩薩道第二階；其次，是如何將信念轉化為法力和法術的運用。

「當您運轉真氣內力時，要專注地將真氣內力外放，這樣行動就變得輕鬆自如了。容我先示範一次。」

濟生閉上雙眼，隨即睜開，右腳踏地，身體彈升三米高，對顧君說：「太師祖，根據我目前的築基三層境界，我能跳躍三米高。理論上，境界每提升一層，跳躍高度能增加一米。而且，築基三層後，能夠將真氣外放，說話時不會外洩真氣。這是一個重要的門檻，而您目前是築基二層，可先修煉口訣，試著將真氣外放。」

顧君突然對濟生說道：「你退後些，讓我來試試看。」

顧君注視著前方的小樹，心念一轉，右腳一頓，瞬間就到了那棵樹旁邊，濟生大吃一驚。因太師祖竟然在短短時間領悟到了真氣外放，並可以展開瞬移，能夠在一瞬間跨越十米之遙！

一瞬間，顧君又迅速回到濟生身邊，問道：「是這樣嗎？」

濟生驚訝地說：「太師祖，這是高階輕功中的法術！我們稱之為瞬移，通常需要築基三階以上才能領悟，而我在築基三層時，僅能瞬移五六米，因此之前去您接您時，每一步也僅前進五六米。然而，您卻能以築基二階的境界瞬移超過十米的距離！真是令人難以相信啊！」

顧君回答道：「我能感覺到真氣內力的外放。現在我再試試空中跳躍。」

他運行經脈並將真氣內力從腳底外放，彷彿踏上了一個隱形的臺階，身體輕盈如羽毛。他慢慢地升高，一米、兩米、三米……六米……十米！他剛剛頓悟到的瞬移方式，也適用於向上升空。他發現其中基本原理是相同的。

他把這個感悟告訴了濟生，濟生非常驚訝，對顧君說：「太師祖，您讓我再試一試，根據您剛剛的運行方式，原來上下擺動就能輕易地升到三米高。」

濟生再次嘗試一下，驚訝發現自己是能夠輕易地升到四米多高，感覺自己體內有萬馬似的力量在經脈裡奔騰。

顧君讓濟生伸出右手，他輸送一絲絲真氣，在濟生奇經八脈裡運行一遍，對濟生說：「你突破了！做得好。果然，你十年苦行為你打下堅實基礎。你留在此地繼續鞏固境界吧！」

濟生合掌盤坐，尊敬地向顧君鞠躬道：「謝謝太師祖，我終於有顯著進展了。阿彌陀佛，我佛慈悲！」

顧君微笑著，對濟生說：「濟生，你已經踏入了新的境界，但這只是開始。修行之路永無止境，我們要不斷努力精進。輕功只是其中的一項，未來還有更多深奧的法訣等著我們去探索和領悟。不要驕傲，要謙虛，堅守菩薩心，以慈悲為根本。」

濟生聽著太師祖的話，心中充滿感激和決心。他知道，修行之路並非容易，但只要有太師祖的指引和自己的努力，他一定能不斷進步，越過層層難關。

與佛結緣，這一剎那，濟生感受到自己和佛的因緣變得更深厚，他知道這一切都是太師祖的緣故。

第二十九章 ❖ 伍小欣到訪

顧君告別濟生後，在前往學校的路上，他自省道：每一步的修行都需要親自體驗，修行是要一步一腳印。因此他用了大約二十分鐘的時間走到小學。他遠遠地看到了小學的門口站著一個小女生，正是伍小欣。

他走近伍小欣，說道：「伍小欣，你怎麼過來了？我轉學了。轉學當天曾經去找過你，但找不到你，所以你們可能不知道，我本來是想等我穩定之後再去找你說。」

伍小欣說：「新學年上學之後兩三天都沒看到你，後來我去問老師，老師才告訴我說你轉學了，你怎麼沒告訴我？我很擔心你啊！我一直擔心你有什麼意外……」

顧君從書包裡拿出了一顆糖果，放在伍小欣的小手裡面，跟她說：「吃吧。」

伍小欣甜甜地笑了，說：「謝謝顧君，還是你好。行了，你沒事就好了，你去上課吧，我也要趕快回去上課了。你知道嗎？我們一定要努力學習，考進全省的重點中學。」

顧君跟伍小欣說：「放心，我們肯定會考進去，一起努力吧！」

時間飛逝……

三年後，顧君十歲的時候，他已經達到菩薩道四階，他領悟了菩薩道的第三階「念」。從第二階的「信」到第三階的「念」。他的法修也突破到了築基界三層，菩薩道四階在世間裡已經算是高的修為，築基界三層在民間也已是高手了。

濟生用了二十五年才能到達菩薩道四階，虛木用了一百多年的修行才去到了菩薩道的六階。他們也受惠於小小年紀的顧君的講解，才能茅塞頓開，對佛法有更深層次的頓悟。

第三十章 ❈ 菩薩道四階

原來，菩薩道四階真義是「點」。一「點」可以成圓，一念可以成佛。圓可以覆蓋世間所有光環。因為我們居住的地球是一個圓，月亮是一個圓，太陽是一個圓。一點成圓，每一個人都是一個點。他的能力可以透過修行和覺悟的過程逐漸成為一個圓。它的圓有多寬廣，他就能夠照耀多廣的眾生，這就是有「一點成圓，一念成佛」的含義。

並且「一點」代表每個人的潛在佛性，「成圓」則代表著透過修行，逐漸實現佛性並擴展自己的能力，以照顧更多的眾生，最終形成一個圓滿的人生。同時，「一點成圓」也體現了人類之間的連結和互相幫助。每個人都是一個「點」，但是透過彼此的互動和協作，我們可以形成一個更大的「圓」，以照顧更廣泛的眾生。這個圓可以是家庭、社區、國家或全球社會，而實現這樣的圓須藉由互助互愛和支持，共同建立和平、幸福和繁榮的世界。

「一念成佛」則代表著在修行中，一個瞬間的念頭可以引發實現佛性的轉化，達至成佛的境地。這個概念強調了修行的關鍵在於內心的轉化和覺悟，而不是表面外在的行為和形式。而且「一念成佛」強調了念頭的力量。在佛陀真諦中，念頭可以影響我們的思想和行為，進而影響我們的修行和生命。如果我們能夠在一瞬間產生正確的念頭，這個念頭就能引發內心的轉化和覺悟，逐漸達到成佛的境界。因此，「一念成佛」提醒我們要注重內心狀態，保持正確的念頭與心態，並持續修行以達到成佛的目標。

顧君不斷的思考及領悟當中的佛法及其深意……

原來，菩薩道世界的目的是要將自己的體悟傳播給世俗人，所以被稱為「一點成圓」。在這個圓裡，所有被照耀到的人都將與佛結緣。顧君在過去三年多的時間裡領悟了「信」和「念」，並進化到了這個「圓」。這一點從伍小欣的媽媽一事可以略為體會到。

其實，此「圓」為「信」與「念」之進化版本。因為有了信，我們才能有所念，而所念的可以是口語或書寫。這個無形的「點」會變成「圓」，就像遙遠的太陽火球一樣，它的光芒照耀著地球上無數眾生。

今日我們所接收到的光芒源於太陽，這個光線是來自於十萬年前的太陽，而不是今天的太陽。這個太陽的光線經過了億萬年時光傳遞才來到了地球，照射到每個人身上。顧君領悟到了這就是「一點成圓」的真諦，也展示了每個人在這個星球上的重要性。

顧君深刻領悟到「一點成圓」的重要突破啊！因為「一點成圓」成為一個開始，影響著以它為中心的周邊一切有緣的人。這個他能夠展現多大的影響力，要看顧君本身的修行，要看他本身願意付出的多少。

當顧君跟虛木一起修煉時，顧君分享他對菩薩道的領悟，令虛木感到欣慰。

顧君問：「虛木，你記得你是什麼時候突破菩薩道四階和築基境四層嗎？」

虛木雙手合十地對顧君說：「師祖，那是四十幾年前我在保護那位將軍的時候突破的。」

「你知道你為什麼會在那時突破嗎？」顧君深有其意地續問著。

虛木搖了搖頭，對著顧君說：「弟子愚昧，請師祖指點。」

顧君伸出右手，對虛木說：「看到太陽嗎？你告訴我那是一個點，還是一個圓？」

顧君停頓了一下，看著虛木續著說：「太陽本身是一個點，萬丈光芒來到我們的這個星球，其實它是從一個點釋放出來的。想想看，這個點所釋放的光芒成為了我們這個星球所有生命的來源。事實上，它所釋放的所有光線都是一個圓及化成無數圓。因為這個點成為所有能源的源頭。

你知道嗎？這個圓也是我佛如來的恩賜，你當年能夠突破的一個重要的原因，是因為你是一個點，去保護那位將軍，解放農民於水深火熱之中，你的善行和努力使你與這個圓產生了共鳴，所以你會在那個時候有所突破。」

虛木謙卑地低頭，雙手合十地說：「弟子受教了！原來一切都是我佛如來的恩賜。」

第三十一章 ❈ 虛木出行

顧君對虛木說道：「自從人民軍解放了華國之後，你便功成身退，選擇在這裡燒香拜佛，所以你過去幾十年的突破相對緩慢，但修行之道並不受歲月所限。你確實需要進出世間，感受這個世界的滄桑。」

其實，那位將軍是華國舉足輕重的功臣。雖然他已經退下火線，但那位將軍的子弟後代在華國仍有舉足輕重的影響力，而虛木從來沒有向任何人透露自己的人脈和背景。

虛木說：「是，師祖，我的確應該出去尋找機緣。」

這時，虛木遞給顧君一件小信物，說道：「師祖，您把這個收好。任何時候需要什麼的話，您都可以動用。」

顧君好奇地問：「那是什麼東西？」

虛木回說：「昔日國家四處戰火連天，人民性命危在旦夕。子彈無情，有一次我替將軍在混亂的戰場上擋過子彈，甚至還有幾次在戰場上立了大功，於是這位將軍授予我一顆五角星，表揚我昔日對建國大業的貢獻。而我之後在佛祖的眷顧下回歸平靜的生活。」

顧君打開小木盒，裡面躺著一顆略為生鏽的紅星勳章。

虛木說：「我的確要出去走走，如果我不在的時候，您有困難可以去找那位將軍。」其實，虛木並不在意那些榮華富貴，也不會留戀世間任何外在的名譽。他一生立志成為佛門弟子，希望虔誠地追求佛道，不問世事紛擾。

顧君說：「嗯，我知道了。」

虛木很正經的說：「那位將軍與我共同修行，所以他也是我們的子弟啊！我與他是以師兄弟相稱，所以他也是您的晚輩。」

顧君明白了虛木要跟他說這段話的意義，彼此與那位將軍有著一段難以言喻的緣分。虛木說：「我會先去京北見見那位將軍。」

顧君接著說：「這就對了。」

「師祖，我去見到那位將軍時，我會跟他說一下您的存在，如果您有任何需要，您可以去找他幫忙。」

顧君說：「不需要，我只是個鄉村小孩，一切都有我佛安排，我只重視大家都有好的修行啊！」

虛木在一霎那間才明白，原來這位師祖的領悟是多麼高深。這位鄉村小孩所謂的安排，是指他在修行中所給予的指導和支持。虛木深深明白，修行的道路並非外在的榮耀和權力所能帶來，而是要從內心深處鑽研，不斷提升自己的修為和智慧。
對顧君而言，一步一腳印的領悟，把根基打好是最重要的！萬丈高樓從地起！

第三十二章 ◈ 再遇伍小欣

經過今天與虛木的分別，顧君深知虛木即將外出尋找自己的機緣。他明白虛木必須離開這座他守護了六十年的山門。虛木對顧君說：「師祖，『天龍八部陣』很快就會失去靈力，您得抓緊時間在這裡修行，提升您的層次。」

顧君默默思索片刻，說：「剩下的就留給有緣人吧。我已經擁有你贈給我的靈石，應該足夠我修行一段時間了。你必須好好去尋找機緣，確保自己的安全，並幫助那些需要幫助的人。兩年後，請回來一趟，我有些話要跟你說。」

顧君非常重視虛木的兩年之約。他不僅努力修行，也努力學習成為一個優秀的學生。在這個一窮二白的時代，許多人相信「萬般皆下品，唯有讀書高」，只有通過學業才能有機會改變貧困的生命軌跡。

顧君認真地跟虛木說：「不要擔心，你一定要記得這些事。」

虛木鞠躬，說：「弟子知道，謝謝師祖。」

虛木跟顧君說：「師祖，我會將濟生留在龍山寺坐鎮，確保周圍村落的安全。」

顧君看了看虛木，說：「這樣安排最好。你不必擔心，如果濟生能留在這裡兩年，兩年後你再來接他。反正你兩年後也要回來見我。」

「是，師祖。」虛木尊敬地回應顧君。

在顧君的心中，他希望自己還能給濟生多分享一些修行的想法，協助他突破更高的境界。他清楚自己與濟生的經歷及領悟有所不同，但讓濟生留下來守護龍山寺，確保周圍村落的安全，這對各方都是最好安排。

顧君每天努力修行，但他發現手中的靈石顏色也漸漸變淡。他明白自己從中吸收了大量靈氣，終有一天靈石會失去光亮變成普通的石頭。

儘管顧君只是個十歲的孩子，讀書還是很重要的人生歷程，他知道必須為中學入學試做好準備。他的目標是鄉村附近最重要的省級重點中學，這是每個家庭都希望孩子能進入的學校。省級聯考只考中文和數學兩科，進入正養中學的基本門檻是需要達到一百六十八分或以上，也就是每科平均分都要得八十四分以上，這是一個不容易的分數。

當然，還有一些非正式的管道，例如可以透過捐獻換取學位。由於顧君家庭貧困，無法負擔這種捐獻費用，當然他也不想透過這灰色管道，所以他必須努力學習自強。無論他的修行如何，他的人生和學業都需要同步進展，絕不能放棄，也不能讓身邊的人失望！在三伯伯的嚴格教育下，顧君和顧高成功考進了正養中學。該校共有六個班級，每班約收六十到六十五名學生。顧君和顧高被分到五班。

在中文和數學聯考期間，發生了一件特別的事情：三伯伯特意交代他們：「記得將所有考試的答案記下來，回家後再寫一遍。」原來這其中有所安排。

九月一日，開學的第一天，他與顧高一起進入正養中學。顧君父親的大弟弟顧江是該校的體育老師。在顧君印象裡，顧江是一位非常嚴厲的人，而且由於他體型龐大、氣勢強大，所以顧君對這位叔叔有深刻的印象。

話說回來，當顧君因身材矮小而被安排坐在前排，但自從幼兒園開始到現在，他和顧高一直是同桌，而這次是他們第一次分開坐。

班主任講完開學注意事項後的休息時間，當顧君在課室走廊外面默默思考時，他看到了一個非常熟悉的背影——伍小欣！她真的也考進了正養中學！她被分到了六班。顧君朝她走去，叫了一聲。伍小欣轉過身來：「嘿，我們都考進來了！太好了，以後還可以一起學習。」

顧君知道這緣分是非常短暫，再次見到伍小欣時彼此已經有兩三年未見，感情似乎有些淡了。伍小欣變得有些拘謹和害羞，但他們已經認識七年了，這段友情真的很珍貴！

顧君明白凡事都不能強求，彼此能夠相互照顧已經是一種緣分。他擺了擺手，對伍小欣說：「真好，雖然我們分在不同班級，以後有空一起去走走吧。如果有什麼功課不懂的，我們可以一起討論。」

伍小欣輕輕點頭，回答顧君：「好的，那我先走了。」

顧君向伍小欣揮了揮手，說道：「好的，我們以後再說。現在是剛開學，有很多事情要處理，再見！」

第三十三章 ◈ 父親回來

在這風雨飄搖的年代，年輕的顧君在修煉的路上孤獨前行。儘管時光匆匆流逝，他始終保持著一顆追求佛法的純真心靈，努力提升自己的修行水平。

盧木因顧君的建議，早已離開了龍山寺，四處尋找機緣，而濟生則留守在龍山寺。雖然顧君現在已經不再每天去龍山寺，但他每個月都會和濟生見面一兩次，彼此關心，一同分享佛道和切磋武藝。

後來，村民和一些外出打工的村民聯合捐款，在顧君家附近建了一所中學，而顧君的三伯伯成為了該中學的領導。顧君從小就熱愛閱讀，雖然成績不算特別好，但他發現自從踏入修行之後，他的學習能力似乎越來越強，許多知識只需一看就能記住，連數學也能輕鬆應對。他沒有花太多時間在學習上，但在班級中一直名列前茅。

一天，他回到家，看到父親回來了。這些年來，父親的工作並不順遂，收入微薄。然而，隨著港島經濟的迅速起飛，父親的收入也有所增加，他每年會回來一兩次，通常是過農曆新年，總是給顧君和顧高帶回新衣服，讓他們能享受到增添新衣的新年喜悅。對於這個貧困的村落來說，擁有新衣是多麼令人羨慕的事情。

父親對顧高也格外疼愛。當然，三伯伯對顧君非常好，這一切都是親情。顧君和顧高經常會穿著同樣的衣服去上學，別人以前總以為他們是雙胞胎！

父親的經濟情況稍有轉好，他總希望接一家到港島生活，但奈何當時英國嚴厲的移居政策，每天只有一百五十個單程證的配額，而且要去找人托關係，中間也走了好幾次的冤枉路。

父親這次回來，和母親說：「這次應該搞定了！我們下個月就要搬去港島了。但是基於當時政策的局限，每個家庭只有兩個小孩能去港島。那麼，兩位大女兒就先留在鄉村，要看以後的機會了。」

第二天一早，顧君早上前往去找了濟生，告訴他這個消息，並說：「你去打聽一下現在虛木在哪裡，讓他回來見我吧。我可能要移居了，有些事情想向你們交代一下。」濟生非常激動及不捨，因為太師祖應該是想要交代一些關於修行的事情。

嚴厲的父親讓顧君對他充滿敬畏。父親自小家境貧窮，很小已經在社會謀生，而且父親的身體欠佳，甚至曾因勞累過度而不幸吐血。

顧君去港島之前，他每年跟父親在一起的時間只有十天八天，但顧君心裡對父親有崇高的敬意，雖然他們聚少離多，但感情還是非常堅固，而且父親勤奮吃苦的性格深深感染了顧君。

父親七歲就出來社會謀生，邊做邊學，從最基層的工作做起，後來從事蓋房子的勞動，到父親二十多歲的時候，他已經成了海安鎮最傑出的工程師。

村裡大部分的房子皆出自父親之手，父親有個堂哥叫顧寒，顧寒比父親大一歲，而且他非常疼愛父親。雖然父親身體比較虛弱，但堂哥還是讓他一起去承接工程。

直到父親去了港島，他們倆才分道揚鑣。父親每次回鄉都會花大部分的時間與家人共度，而每次回來都會和顧寒聊天敘舊。

時光荏苒，顧君的家庭一直和諧相處，從不為芝麻綠豆小事而爭吵。顧君深知祖父母含辛茹苦地撫養他們七八個孩子，並在那個困苦的年代堅持給予他們良好的教育。除了父親外，顧君的伯伯叔叔和姑姑們也非常努力，取得了非凡的成就，大部分人都能在那個年代進入省重點大學，為整個家族帶來變革。

顧君仍記得祖輩口中讚譽的故事，他們讚譽著爺爺的智慧和奶奶的持家有道，堅持讓後代接受良好的教育。正是這些智慧和能力，讓整個家族的成員能夠在相對安全舒適的環境中努力學習，成為對社會有所貢獻的人。

時光流轉，社會不斷變遷，然而顧君對家庭的愛和對佛法的追求始終不變。他知道，在這個繁忙的世界中，他們是彼此最堅實的支持，無論面對什麼挑戰，都能勇往直前，堅持自己的信念。

第三十四章 ❖ 農民爺爺

古人誠不欺我，有其子必有其父！

爺爺與幾個兄弟姊妹相依為命，但可惜當時的生活非常艱苦，這迫使他們分別到海外尋找機會，希望能改善整個家族的貧困狀況。爺爺的二哥和五哥勇敢地漂洋過海，前往呂宋（現今的菲律賓）打工賺錢，將薪金寄回家鄉。由於爺爺來自一個傳統大家族，因此家族資源主要分配給長子嫡孫，這使得爺爺一家只能得到少量的家族支持。爺爺與兄弟姊妹只能靠農耕維持生計，一家人只能住在狹小的房子中。然而，家庭的經濟狀況並沒有明顯改善，這讓爺爺渴望為家族做出更大的貢獻，於是他決定一人前往港島打拼。在命運的眷顧下，爺爺的選擇幾乎改變了整個家族的命運。

當時爺爺目不識丁，他在以貿易聞名的港島面臨許多困難，生活工作變得艱辛。語言隔閡、文化差異和陌生的社會環境都讓他感到不適，並且缺乏人脈支持，很難找到體面的工作。有時，他甚至遭受到種族歧視，使他深刻體會到命運的坎坷。

雖然爺爺曾嘗試尋找不同的工作，幸好他在鄉親的幫助下，在遠離城市中心的鄉村從事農業工作，租下一塊偏遠的農地。大約一年後，他認為在港島從事農業讓他感到看不到未來，於是他決定回到鄉下照顧家庭。

海外打拼的經歷讓爺爺體驗到洋人的教育系統，也讓他感受到殖民地的發展理念。這使他明白知識可以改變命運，並且理解港島和華國之間存在著截然不同的命運。

有一次，他試圖前往港島，但由於不懂英文，也不懂得如何簽名，最終被港英政府遣返回華國。因此，他下定決心要努力確保每個子孫後代都有機會接受教育，希望藉著知識改變命運，甚至用自己的專長來幫助國家，期望實現華國的振興。

然而，當時社會的貧困狀況使這樣的願望實現非常困難。當時的人們普遍認為讀書是奢侈的事情，更多的人認為應該儘早投身職場，這比讀書更實際。農民們更注重基本生活需求，如住房，而不願意將金錢投資於教育上。

儘管爺爺內心也渴望擁有自己的房屋，但他更深刻理解「小不忍則亂大謀」的道理，他堅持將有限的資源投入到子孫後代的教育中。他確保顧君父親的哥哥以及顧君的叔叔顧江等下一代都有機會接受教育，並期望每個家庭都能擁有自己的房子，這成為爺爺一生的驕傲。除了顧君的父親沒有機會接受教育外，其他人至少都完成了高中學業，甚至獲得了大學學位。

這些學術成就都歸功於爺爺當年無私的奉獻精神和為後代謀求福祉的堅定決心。即使在經濟困境下，爺爺的堅持始終不渝，他確保每個子孫後代都有機會接受教育。

這需要極大的毅力和決心！

至於顧君的父親當年年紀還很小，離完成學業還有一段時間，因此他毅然為家庭工作賺錢，甚至後來冒險前往港島，尋找遍地黃金的機會，這使得他和三伯伯兩兄弟走上了完全不同的命運道路。

第三十五章 ❖ 虛木回歸

想到下個月即將前往港島，顧君心中有許多事情需要安排。當天，濟生去了正養中學的門口等待顧君放學。當他看到顧君時，靠近他說道：「太師祖，虛木師叔回來了，您看您什麼時候有空去見他？」

顧君點了點頭，說：「明天一早我去龍山寺見他吧。我要談談這次離開的事情，也想看看他的修煉進展。」

「是的，太師祖，我會告訴師叔您的安排。」濟生回答道。

在那個年代，沒有電話這種極為方便的通訊方式，所以很多事情只能親自傳達或者是書信往來。

第二天一早，顧君去了龍山寺，見到了虛木。虛木娓娓道來，告訴顧君他拜見了那位退休的將軍，連續拜訪了全國五十多家不同寺廟，與每座寺廟的高僧們討論佛的真義，互相切磋修行之道。

顧君望著虛木說：「嗯，不錯，你終於突破到菩薩道八階、築基七層了，你在這個境界裡面已經停滯了幾十年。」

虛木雙手還是非常虔誠地合十，跟顧君說：「師祖，謝謝您的指點，以及之前您給予我的教導。這些對我這兩年來的修行有著莫大的幫助。」

顧君微笑說：「這一切皆是緣分，這是你自己當年種下的因，所以會有今天這個果。」對於顧君來說，虛木是他見過最高修行成果的人，包括現在的自己在內。

雖然虛木修為比顧君高，但他總是持弟子之禮對待顧君，從不恃老賣老，這種關係實在難能可貴！

顧君對虛木說道：「虛木，我父親回來了，我們一家要搬到港島，有幾件事情要跟你說，我不知道什麼時候才能回來，所以你們不能怠慢各自的修行。

另外，我的兩個姐姐會留在這裡，她們不知道我們修行的事情，希望你有時間照顧她們，特別是大姐姐，她可能要到隔壁鎮念書，需要住在那裡。

其次，你這次回來花些時間跟濟生一起討論他的境界，他應該快要突破到新境界，希望你能給他一些建議，希望他能儘快踏入菩薩道五階。」

虛木回應道：「是，師祖，這幾件事情我會安排好。同時我也要沉澱一下這兩年拜訪的心得，這些體悟將有助於我更快地踏入菩薩道九階。只有這樣，我才有機會未來能修到菩薩道的大圓滿。都是師祖的提醒，我才有機會達成心中的夢想啊！」

顧君對虛木說道：「這一切盡是佛的安排。這次你回來，我每天會與你一起修行。我下個月就要離開這裡，短時間內也應該回不來，那邊的事情還有很多要處理，還要轉學，而且我很有可能會遇到語言障礙，所以我會非常忙碌……」

兩人面對面對望，彼此心照不宣。他們深知，雖然分隔兩地，但彼此的心靈相連，修行的道路上將永遠相互扶持。

第三十六章 ❖ 告別故鄉

與虛木和濟生交代後，顧君回到家中，雙眼紅腫，內心極度不捨這片成長的土地、青梅竹馬的朋友，以及在修煉過程中遇到的同道中人。他靜靜地環顧四周，決定在不告訴任何人的情況下離開鄉下，整理自己的情緒，前往一個陌生的環境。對他而言，能與父親團聚、不再忍受無盡思念的痛苦，內心同時感到雀躍與興奮。

由於顧君以堅毅的決心追求佛的修行，他堅決拒絕虛木尋求退休將軍的幫助，決定以一個普通人的身份南下港島。他再次叮囑虛木要鎮守龍山寺，並完成之前交待的事情。

在告別之際，顧君獨自回到村莊、學校和龍山寺，回憶過去的點滴。他努力地將這些地方深深地刻在心中，他直覺這一切都會因經濟發展而面目全非。他對出生與成長環境的深刻不捨，決定在家中後山靜心修行，體悟佛的真諦。他學會活在當下，親身感受周圍環境的寧靜恬淡、潮濕的土壤和溫暖的陽光灑在頭頂上，靜待前往港島的日子。他內心充滿疑問，港島到底是什麼樣的地方？他能否儘快融入當地？這些問題在他心中迴盪著。

告別故鄉的那一天終於來臨了！

顧君內心的矛盾讓他的情緒越來越沉重，但人生的旅途如同不停向前的火車。儘管對過去的風景感到無盡不捨，但火車不斷加速前進，只能讓我們學會活在當下，以正面的心態期待未來。

顧君與夥伴們相伴十多年，每個人、每個溫暖親切的面孔都讓他內心感到痛苦，但他欣然接受命運的安排。他告訴自己：「如果有一天我變得足夠強大，一定會衣錦還鄉，幫助需要的人。」

終於，那一天到來了。

父母、顧君與妹妹登上城際交通的大客車，經歷長達二十八小時的旅程。對顧君來說，這是他首次體驗如此漫長的車程。濃烈的汽油味使他們一家感到不適，顧君的爸爸只好將小女兒放在自己的大腿上，減輕她因長途旅行而感到的不適。此時，顧君開始明白爸爸有多麼辛苦，他一個人要負擔整個家庭的經濟，甚至要照顧更多的人，這個過程是多麼困難、多麼偉大啊！顧君幾乎無法想象爸爸如何獨自在港島生活了七年。

此外，當時的港島崇尚精英主義，如果一個人目不識丁，就有如雙目失明，所有的黃金機遇只會與你擦肩而過，幾乎無毫無立錐之地。因此他更加堅定自己必須努力學習，改變自己的命運，一邊讀書一邊修行，一步一步地令自己變得強大。

顧君凝視著車窗外的風景，田野與村莊一片片在大地和蒼穹之間交織成美麗的畫面。陽光透過車窗灑進車內，彷彿向顧君傳達：「你的未來將充滿光明！」

然而，顧君的內心仍有一絲不安：港島的官方語言是英語，這意味著他需要花費大量精力來學習這種語言，否則無法在這個國際大都會生存。

他心目中的港島是一個先進的城市，與顧家村形成鮮明對比。他從農村突然來到這個前衛時尚、全球公認的大城市，這使他下定決心，他必須在學識上變得強大，才能融入當地的生活。正如那句「只要有恆心，鐵杵磨成針」、「世上無難事，只怕有心人」，他下定決心要攻克人生中的困難，無論多麼艱難，只要心存希望，相信自己能夠克服。

顧君注視著窗外逐漸消失的風景，心中充滿對未來的期待和挑戰。他知道，這次離別不是結束，而是新的開始。儘管他不捨離開家鄉、離開親友，但他深深明白自己必須邁出這一步，追尋更大的夢想和成就。

既是終點，更是起點！這是多麼佛性！

第三十七章 ❈ 終達港島

顧君和家人們終於踏上了全新的生活篇章，經過漫長的二十八小時車程，他們終於到達邊境關口，手持單程證準備過關前往港島。

經過繁複的約四小時的過關程序，顧君看到「歡迎到達港島」六個繁體華國文字，雖然看似平凡，但彷彿向顧君宣告著：「你人生的新篇章，正式展開！」

看著眼前高聳入雲的大廈，各式各樣的霓虹燈招牌廣告在頭頂上閃爍著，熙來攘往的街道，令顧君彷彿以為進入了平行時空之中。短暫的時間內，他們體驗了港島的繁華與熱鬧，並感受到城市與鄉村的迥異。

顧君之前曾向林老師請教有關港島的基本資訊。林老師只簡單地告訴他，港島在十九世紀初成為世界重要的城市之一。以前，它只是一個小漁村，但隨著多次的戰爭，英國佔領了港島，也佔領了半龍島和新界。由於其特殊且有利的地理位置，港島隨後成為一個重要的商業中心，並於二十世紀初成為世界上最繁忙的貿易港口之一。在這段時期，港島的經濟迅速發展，成為亞洲的金融中心。

顧君對這個地方充滿好奇及期望。「這裡全都是幾十層的高樓大廈，與鄉下截然不同！」顧君指著一座像劍一般聳立入雲的高樓大廈，自言自語地說道。在這個新環境下，顧君明白自己將面臨許多挑戰和困難，但也將學到更多知識和技能，拓展自己的視野和機遇。他即將開啟全新的生活，未來充滿無限可能。

顧君的父親看到一家人飢腸轆轆，於是在路邊的大排檔吃下了他們在港島的第一頓飯。爸爸買了四隻滷水雞腿，總共花了二十塊錢。儘管他的薪水一個月只有兩千多塊錢，但偉大的父愛怎能容許兒女飢寒交迫呢？

「太好吃了！」顧君說道。事實上，他已有一段時間沒有吃到雞肉，平日只能倚賴地瓜充飢，這令他的體格日漸消瘦。一口雞肉讓顧君感受到港島的物質富足，激發起他在這片新土地上奮鬥的志向。

飯後，一家人乘坐火車返回父親在港島的家，顧君發現這裡比他們之前居住的地方更狹小。然而這並沒有使他灰心喪志。他決定更加努力地學習和挑戰自己，立志脫離貧困，並默默告訴自己必須努力讀書、不怕艱苦，奮勇上進，期望早日為家庭帶來更美好的生活。這種積極進取的態度和不屈不撓的精神將支持他持續邁向未來。他知道將面臨許多挑戰，家人要適應新生活，也要學習新的技能和在港島的生存方式。

顧君的新生活已經正式開始，他對自己許下承諾：我一定要努力讀書，讓自己的生活變得更好。

第三十八章 ❀ 靈石破裂

顧君終於來到港島，目前他面臨的首要任務是找一所適合的中學。幸運的是，他有一位堂兄，是顧君爺爺的二哥的孫兒，名叫顧雄。顧雄比顧君大一歲，早在五、六歲時就已經來到港島，按照顧君父親的要求，顧雄幫忙在他就讀的中學索取了轉學生的申請表格，終使顧君順利入讀了一所本地中學。

與此同時，顧君並未停止修行，他持續深入佛法的領悟。然而，他也注意到港島的靈氣明顯比老家更加稀薄，這裡的高樓大廈和空氣污染，使得靈氣更加渾濁，或許這就是工業化社會所帶來的後果吧！相對於清新的鄉村環境，港島的污染程度較高，更難保有純正的靈氣。

這一天，顧君看著手中的靈石，發現它已經變成了一顆普通的石頭，失去原有的光彩。他用力一捏，結果靈石立即變成了粉末。顧君心想：靈石裡的靈氣都被自己吸收了，接下來修煉怎麼辦呢？

顧君感到無奈及困惑，他看著碎裂的靈石，對未來的修煉進度感到非常擔心。同時，他也難以適應新的環境，這使他在夜深人靜的時候不禁黯然流淚，思念起鄉間的朋友，如虛木、濟生以及其他的摯友。

「顧高，姐姐們，我非常掛念你們！」他凝視著窗外明亮的月光，輕聲自言自語道。由於他新移居港島，幾乎沒有朋友，這令他感到孤獨，同時還要面對文化衝擊。他拿起筆想要給他們寫信，然而當他寫下幾封信時，淚水不禁湧出。但他迅速整理情緒，決定以堅強的心態迎接生活中的各種挑戰。正如那句古語所說，「千斤擔子兩肩挑」，作為一個堂堂男子漢，應該咬緊牙關，勇敢面對逆境，因為這是人生漫長旅程中必經的特訓！

第三十九章 ❖ 新學校（一）

港島上學的第一天，顧雄帶領著顧君搭乘沒有空調的雙層巴士前往新學校。窗外的景色早已深深印入顧君的眼簾，他第一次目睹港島居民晨早的繁忙景象。

當他們完成入學手續後，顧君終於正式踏入屬於他的課室。同學們你一言我一語，此起彼落的港語令顧君感到無所適從，他內心開始感到慌亂，只好坐在一角。只見有一個同學跟他招了招手，說：「坐這邊！」可是他講的是港語，顧君從肢體語言推斷他的意思，稍微令他感到安心，輕鬆地坐在那個同學旁邊。

「你叫什麼名字啊？」那個同學用華語問顧君。

「我叫顧君，我剛來港島。」

那個同學接著用華語說：「你不用擔心，我叫陳晞，以後你就坐在我旁邊，這個位置反正也空著。你有什麼問題可以告訴我，我會儘量幫助你，你放心！」

顧君慌亂的心頓時稍為安定下來，對著陳晞點了點頭說：「謝謝。」

陳晞身材略胖，但是他的身體看起來比顧君更加結實，且小腹略帶微隆。

接著，顧君好奇地問：「陳晞，為什麼你的華語講得那麼好呢？」

陳晞就告訴他：「其實我也是從華國過來，只不過我在大概三歲的時候，家人就把我帶到港島，所以家裡都是講華語。別擔心，這裡的同學大多能講華語，而且很多都是插班生，或許有些粗魯沒禮貌，但他們並沒有惡意。」

顧君心想：這個陳晞挺好。

突然，上課的鐘聲響起了，同學們在玩耍中慢慢地安靜下來，回到自己的位置。

一個看起來三十多歲、中等身材、穿著藍色襯衣的男人走了進來，開始講課。

「糟糕了……他在說什麼？」

顧君根本聽不懂，旁邊的陳晞馬上細細聲跟他說：「這是英文課，他是我們的英文老師，你把英文書拿出來吧！」

港島的教科書印刷非常精美，而且紙質上乘。顧君從沉甸甸的書包裡面掏出了英文書，但他完全看不懂當中的內容，這令他頓時感到慌張，一頭冒汗，不知道該怎麼辦。

陳晞細心地觀察到顧君皺起的眉頭，意識到他的困惑，輕聲在他耳邊說：「不用擔心，等下課的時候我會告訴你，那位老師姓周。」

大約過了四十分鐘的一堂課，終於響起下課鐘聲，老師以英語向同學說再見後，主動走到顧君面前說：「我聽說你是剛來的插班生，而且英語水準有待提升，你今天下午放學時，來教研室找我，讓我知道怎麼幫助你，讓你趕上進度。」

這位周老師在顧君心目中形象突然變得無限高大，頭頂有如高掛閃亮的光環，他覺得佛祖安排這位老師來協助他渡過一切難關。

第四十章 ❈ 新學校（二）

第一堂英文課就把顧君大嚇一跳，言語的隔閡讓他產生了前所未有的憂懼。然而，他告訴自己：「總有一天，我會學好英文的！」

同時也帶來另一個問題：顧君無法用港語與其他同學溝通，只能獨自坐在自己的座位上。就在他緊張地望向窗外時，幾個同學突然跑過來，用濃厚的港腔華語問他說：「你是新來的，叫什麼名字？」

一個高大的男生率先問道，後面還跟著另一個男生和兩個女生。顧君害羞地回答說：「我叫顧君，來自建福省。」

那個男生囂張地說：「喂！新來的！那你就得請我們喝汽水吧！我們四個人，請我們四瓶可樂！哈哈！」

顧君微微顫抖地回答說：「對不起，我只有父親給我十塊錢吃午餐……剩下的一塊多錢是坐巴士的錢……」

那個男生囂張地說：「什麼？你今天不買四罐汽水的話，你以後小心點！」

顧君無奈地說：「好的，我知道了……」

他心想，多一事不如少一事，於是他還是決定為他們買汽水。中午顧雄來找顧君一起去學校飯堂吃午飯時，顧君只好勉為其難地說：「不用了，我不餓，不吃了。」

顧雄說：「沒關係！今天中午我請你吃飯。」結果，顧雄請他吃了一個粟米肉粒飯，並且還給他買了一杯可樂，令顧君迫不及待地開始用餐。這一餐成為了顧君一生中最難忘的一餐！

港島的第一頓學校餐給顧君留下了深刻的印象。他也因此對顧雄留下了更深刻的印象，心裡非常感激他。恩惠無論大小都是心，將來一定要報答！

如此，顧君在忐忑不安的心情中度過了港島的第一天學校生活。放學鐘聲響起時，旁邊的陳晞對他說：「顧君，你知道嗎？黑板左邊寫的是今天每堂課的功課，還有明天課堂的預習內容。如果你有不懂的地方，可以問我，或者給我打電話，這是我家的電話號碼，你晚上做功課遇到不懂的題目時，可以找我，我現在先跟你講一下……」

陳晞不厭其煩地向顧君解釋今天的功課流程，並再次叮囑他努力讀書，並記得準時交功課，否則就會被罰留堂。

顧君說：「我知道了，我需要消化一下，晚上做功課時遇到問題，我再打電話給你。請多多包涵。」

第四十一章 ❀ 新學校（三）

當陳晞把基本事項交代清楚後，他帶領顧君去教研室。顧君輕敲了教研室的木門，找到了周老師。周老師指向一旁的座位，用非常港式的華語道：「顧君，你先坐下，我待會跟你詳細談一談。」

顧君點首示意，靜坐一旁，同時細心聆聽老師之間以港語交談的對話。顧君明顯不明白他們在說什麼，感到有些困惑和不安。

大約過了十分鐘，周老師轉身對顧君說：「顧君，你跟我講講你現在的學習情況。」

顧君回答道：「周老師，我在農村中學讀到初二，現在轉學來這裡也是讀初二。我們那邊的英文非常基礎，我幾乎是一張白紙。今天上了幾堂課，我幾乎聽不懂英文，連二十六個英文字母都沒辦法很流利地念出來，更別提語句、文法和作文了！」

周老師皺起眉頭，靜默片刻，對顧君說：「嗯，這就有點麻煩了，因為我們這裡的學生，在初二的英文水準已經有一定基礎，他們從幼兒園就開始學習英文，而你則比他們晚了整整七八年，現在才開始學。所以你需要加倍努力，你回去跟家人商量一下……好吧，從現在開始，每週我儘量安排一到兩天讓你放學留在學校，我會單獨講解基本的英文知識，幫助你追趕學業進度。否則……如果你連功課都做不了，那就更麻煩了……」

顧君心想：這個老師真好啊！原來世上還有這樣有教無類的老師，他能理解學生的困難。顧君點頭道：「好的，周老師，我回去跟爸爸媽媽商量一下。謝謝您，周老師。」

周老師說：「好，你去吧。但我先告訴你今天的英文功課內容，我估計你應該能應付數學或中文，你最大的問題應該是英文的落差……」

顧君微笑點頭說：「是的，中文和數學我還可以應付，至少我可以自己複習。那些題目大部分都懂，但是英文……我沒辦法……」

周老師開始向顧君解釋今天課堂的內容及功課。此時，顧君對周老師講解的內容雖然還是一知半解，但這大大的平復了內心的不安感。

大約半個小時後，顧君向周老師道謝並離開了教研室，回到自己的班室。他看到顧雄在課室門口等他，問道：「你去哪了？不是說好今天一起回去嗎？」

顧君說：「抱歉，我的英文老師擔心我跟不上進度，詢問我的情況。現在我們可以走了。」

顧雄對他說：「好，今天是我帶你來學校、放學，但明天開始你就要靠自己了！另外，如果你碰到學業上的問題，也可以來找我，我會儘量幫助你！」

顧雄在學校成績優異，游泳技藝也很出色，還代表學校隊參加不少校際比賽，贏得無數獎項。他的音樂才華非常出眾，真誠和魅力常使少女為之傾倒。當然這些都是後來才知道的。

回到家後，顧君馬上開始複習今天的功課，但一看到英文書時不禁皺起了眉頭，覺得要順利完成這些英文功課實在比登天還難。他盤著腿坐在小床上，開始修煉，努力平衡自己的心態。

第四十二章 ❈ 無私

顧君雖然無法借助靈石的幫助，但仍然堅持盤腿修煉。然而，港島的空氣污染讓他在運行小周天時感到寸步難行。就在這時，家中的大門突然打開，父母和妹妹回來了。

父親問顧君：「小君，第一天上學怎麼樣？」

顧君回答道：「還好……但聽不懂他們說什麼……還要努力學習港語啊……」

父親點頭說：「我也花了許多時間才能勉強掌握，不過你比我聰明多了，而且你年紀又小，學習語言會比較快。」

顧君點頭回應道：「嗯，我會努力的。」

爸爸：「其他課程呢？還好嗎？」

顧君說：「爸爸……老實說……中文和數學都不是大問題，雖然跟農村有些不同……但是我覺得這些都可以解決，但是英文……」顧君結結巴巴地回答。

「但是英文……真的有點困難……」

顧君的爸爸陷入沉默，對他說：「其實我也知道，港島英文的水準相當高，因為這是英國統治的殖民地，而且英文也是法定語言。爸爸沒有受過多少教育，無法教你，但我許多同事和客戶都是用英文溝通。我早就考慮過這個問題，包括你妹妹，儘管現在經濟環境不太好，但我已經決定用我們存下來的積蓄找一位英文補習老師，希望能幫助你們追趕上學校的進度。」

顧君說：「爸爸，這肯定很貴吧……」

父親說：「錢的問題……你不要擔心了，好好讀書，其他交給爸媽處理。我早就安排好了，他是我的一位客戶，高中畢業後在辦公室工作，他的英文水準還不錯，他應能幫助你們。」

顧君非常感動，家裡的環境已經捉襟見肘了，妹妹甚至只能在走廊做功課，父親犧牲自己的財政，為下一代提供教育機會。父親甚至不讓他知道具體的補習費用。

多年後，他與父親閒聊時，父親才告訴他：「其實當時每堂補習要八十塊錢，一個半小時是一百二十塊錢，每週兩天的補習費用是二百四十塊錢……」這筆錢佔用了父親當時一大部分的薪水。

父親和顧君的爺爺一樣，深信知識可以改變命運，希望下一代能接受良好的教育，改變貧困的命運。顧君告訴自己要儘快學好英語，減少影響家庭生活。

顧君也跟父親商量了關於周老師的建議，父親聽後說了一句：「這家學校真是物有所值啊！」

顧君連忙問：「爸爸，為什麼你會這樣說？這個學校要學費嗎？」

父親說：「顧君，其實你也應該要知道學費……其實，你現在就讀的學校是屬於私校，不屬於政府公立學校，所以每個月的學費是接近兩百塊錢。」

顧君嚇了一大跳：「兩百塊錢！？」那接近父親薪水的十分之一了！家庭的生活該怎麼過？這個小房子每月的租金也要兩三百塊錢……妹妹還好，因為她還有九年的免費教育，但這些基本已經消耗了父親大部分的薪水。當顧君得知父親將大部分薪金用於教育時，努力學習的目標更為堅定：成為學校的優秀學生，早日回報父母的養育之恩。

其實，「百行以孝為先」也是顧君在眾生界必修的課題。他肩負重要的使命，他要透過學業的努力和成功，為家庭帶來光明的未來。他感激父親為他和妹妹提供教育機會，並且明白這代表著父親的付出和犧牲。他必須逐步克服生活與生命的難題，才能夠真正領悟佛經的真義。

第四十三章 ※ 獨自上學

顧君持續在鄉村時的習慣，每天早晨六點就起床。

然而，現在他不再感受到晨風從窗外拂來，也不再聽到小鳥在屋外歡快的鳴叫。取而代之的是繁忙城市的喧囂聲，路軌上電車的嗡鳴聲和巴士經過時的嘈雜聲。顧君跨坐在自己的小床上，試圖運行小周天的修煉。缺乏靈石的輔助，他感到困難重重，但他仍堅持盤坐，努力領悟佛法的真諦。

大約早上七點多，母親已經為顧君準備好早餐，一碗白粥和兩顆煎蛋。顧君吃完後，拿起書包就出門上學。

那時的顧君身材瘦削，個子也不高，但他卻背負著沉甸甸的書包，讓母親為他擔心不已。然而，她並不知道顧君有修行在身，這些根本不是問題！

此外，顧君決定不再搭巴士，他打算背著書包沿著山路走回學校，既能省下車費，同時抓住這絕佳機會，觀察山勢，看能否找到一個適合修煉且充滿靈氣的地方。

早上七點，整個港島已經非常繁忙，街道上人來人往，使他無法展現他修煉的輕功。周圍是一片水泥叢林，讓顧君感到失望，他無法找到濃鬱的靈氣之地。

回到校門口，遇到了昨天要顧君請喝汽水的同學們，其中一人大聲說道：「嗨！你做好功課了嗎？」

顧君說：「做好了，應該沒問題。」

「嗯，非常好。待會兒回到課室裡的時候拿來給我看看，我幫你看看有沒有做錯。」

顧君心中天真地想著：這些同學都對自己很友善啊！昨天請他們喝汽水，看來大家還是好同學啊！

那幾個同學拿著他的功課跑走了，回到自己的位置上，翻看著顧君的功課，並拿出自己的功課本子，顧君發現他們低聲交頭接耳，似乎在抄襲寫作，這令他感到些許不對勁。

「他們為什麼要抄我的作業呢？他們不是來幫我檢查對錯嗎？」顧君感到困惑，但他還是收拾心情，準備上課。

第四十四章 籃球隊

上完兩節課後，中間有個十五分鐘的小休時間。在休息時，陳晞對顧君說道：「顧君，今天才是第二天，你肯定不太熟悉學校，我帶你四處遊覽吧！你也可以多熟悉學校環境。」

顧君高興地回答：「好呀。我確實想熟悉一下學校的不同地方，還有各種建築及設施。」陳晞輕輕搭在顧君的肩膀上，兩人一起走出教室。

這所學校位於港島東半山，是一所相當有名的學校。學校的環境非常不錯，建在港島東區的山上。空氣清新，花香鳥語，讓顧君下定決心在這兒尋找一個修煉的好地方，一個充滿靈氣的地方。

學校的設施非常簇新，還有室內泳池、籃球館等其他各種健身房。這些設施讓顧君更加感受到城市和鄉村之間的差異，明白在港島長大的孩子們從小就得到了優質的培養，社會的差異從此可見。

當陳晞帶著顧君走到室內體育館時，一個華美的室內籃球場出現在眼前，讓顧君回憶起童年時與叔叔一起打籃球的場景。儘管他為了專心修煉而暫時放下了籃球，但他對籃球的熱愛從未減少。

陳晞問顧君：「你會打籃球嗎？」

顧君回覆道：「我曾經學過，在老家時玩過一兩年。」

陳晞得意地說：「我也學過，而且我現在還是學校籃球隊的成員，你別看我胖胖的，我是籃球隊的中鋒，有我在，籃板無敵！」

陳晞滿不在乎地笑了笑，對顧君說：「咱們下去玩會兒籃球！小休的時候，同學們要麼去吃東西，要麼去球場打球，沒有人會留在課室裡。」

球場上的同學們跟陳晞打招呼，陳晞把顧君介紹給幾個隊友，說：「這是顧君，他是剛來的插班生，現在和我同班，他也會打籃球！給他一個籃球試試看！」

顧君接過球，心中思道：這裡的籃球跟農村的籃球不一樣，農村的籃球都是髒污不堪；然而此處室內的籃球場設備先進，非常乾淨，籃球的手感也很好，完全不是鄉村用的塑膠球可以比擬的。

顧君拿著籃球，刻意隱藏起自己的特殊能力，以免嚇到其他同學。像一個普通人一樣，他把球在地上拍了數下，輕盈地朝籃筐進攻，將球撞在籃板上，三步上籃得分。接著，他迅速接回球，運球到三分線附近，輕輕投出一記漂亮的弧線球，籃球啪地一聲，乾淨地進了籃網，讓旁觀的同學們目瞪口呆。

陳晞迅速跑至顧君旁，興奮地說：「你太厲害了，你必須要加入我們籃球隊！這樣我們在分組賽中就有機會了。我們已經連續輸了好幾年了……」

然而，顧君知道他要優先把英文學好，況且覺得修煉比籃球隊更重要。

「我暫時不參加了。偶爾玩玩還行！」顧君堅定地說道。

陳晞有些沮喪地看著顧君說：「你知道嗎？能夠參加學校籃球隊一直是很多男同學夢寐以求之事，你竟然不想參加？」

顧君只能跟陳晞說：「我現在功課不太好，我還需要去補習，下課後還要去跟周老師學習英文。暫時沒有那麼多時間，等以後有時間了再加入，好不好？」

陳晞沉思片刻，對顧君說：「這樣吧，我跟隊長商量一下。你仍然可以加入我們的籃球隊，可以自行安排時間參加訓練，但如果我們比賽需要你上場，你一定要幫忙。這樣可以嗎？」

陳晞繼續說：「我去跟隊長商量一下，不過隊長可能要見見你，看看你的水準。因為你的情況是比較特殊。」

顧君點了點頭說：「可以……但我不確定我真的有時間參與你們的籃球比賽。」

陳晞聽到後，很簡單地說：「你的球技太高超了，如果你不加入……就太浪費人才了。」上課的鐘聲響了，兩個人一起返回課室。

第四十五章 ❖ 功課風波（一）

第二天放學回到家，顧君告訴父親說：「明天放學後，我要留在學校補習。周老師會免費幫我補習英文，所以我會晚一些回來。」

隔天，周老師帶著嚴肅的表情進入教室，以低沉的聲音說：「今天我要發放大家的功課。大部分同學這次都做得不錯，但我發現了一個問題，有幾份功課的相似度非常高，連錯誤都是一模一樣，我懷疑這幾位同學之間存在互相抄襲功課的情況。沒有拿到功課的同學，請在放學後到教研室找我，明白嗎？」

當功課一冊冊派分下去時，顧君沒有拿到自己的功課，他心中感到不妙。在休息時間，陳晞問道：「發生了什麼事？你的功課呢？」

顧君就跟他說：「我沒有拿到……」

陳晞告訴他：「前兩天那四個要你請喝汽水的同學，他們也沒拿到功課……」

顧君心中不安，他說：「他們昨天說要幫我檢查功課，所以拿去看了一下……後來還說可以直接幫我交上去……」

陳晞摸了摸頭，拍了一下額頭，說：「唉呀，我忘了告訴你，他們四個人經常到處拿其他同學的功課抄襲。」

顧君思考片刻，疑惑地問道：「但那是英文功課啊，他們理論上比我強多了，你知道我英文並不是很好……」

陳晞解釋道：「他們只要能抄，就會抄。而且你不是說你有一位家教老師幫你複習英文嗎？所以你的答案應該很準確。」

放學後，顧君進入教員室時看到了其他幾位同學，周老師看了他一眼說：「大家都來了，我們到隔壁的小會議室。」

大家都進入小會議室後，周老師讓大家坐下，他自己坐在另一邊，把功課分發給他們五個人。

周老師開口問道：「到底是怎麼回事？你們的功課幾乎一模一樣！正確的地方都一樣，錯誤的地方也一樣。你們解釋一下是怎麼回事？」

那四位同學異口同聲地說：「這份功課是我們四個人一起做的。」

周老師簡單地問顧君：「輪到你解釋了。」

顧君說：「沒有，這份功課是我自己完成的。」

周老師說：「我提醒各位同學，你們現在還很年輕，如果功課不懂可以相互交流。但是如果一份功課有如此高的相似度，就有抄襲的嫌疑。如果你們能夠證明真的是一起完成的並得到完全相同的答案，那就沒問題。但如果我們確定發現功課涉及抄襲，那就涉及到品德問題，學校是不容許這種害群之馬破壞學習風氣的！」

顧君心想：他們明明昨天早上上課前拿了我的功課看，他該如何向周老師解釋呢？他靜靜地思考了一會兒，說：「周老師，我確實是自己完成的功課，我沒有偷抄其他同學的功課……」

他還沒說完，那四位同學打斷了他：「我們不知道你是怎麼做到的，為什麼答案會跟我們一樣。你可能偷拿了我們的功課吧？你剛剛才插班過來，大家都知道你的英文水平不好，不可能做出這樣水準的功課。」

顧君感到委屈地說：「我父親擔心我的進度跟不上，找了一位家教幫我補習英文。我也告訴我父親周老師也會幫助我們這些程度較差的同學做一些額外的功課指導。但這份功課是我自己完成的！我沒有偷抄其他同學的功課！相反，昨天上課前，陳麗同學曾拿過我的功課，聲稱要幫我檢查。」顧君試圖為自己辯護。

但周老師突然站起身，在小會議室內踱了兩圈，告訴眾人：「我再問你們最後一次，你們要坦白說出來。否則，我就要請你們的家長過來與我面談。」

小會議室裡的氛圍變得緊張起來，周老師對這次涉嫌抄襲的事件感到非常不滿。他清楚地看出這幾位同學的反應有些不自然，但他需要更多的證據來解開這個謎團。

第四十六章 ❈ 功課風波（二）

當周老師以嚴厲之詞，對全體同學發出最後警告之際，顧君發現陳麗及陳彤幾個同學身體不禁輕顫，周老師對此一切洞若觀火，已見端倪。然而，周老師願同學能自己承認過失，並讓同學明白學習之真義，並理解學習的真諦，明白學術抄襲是違背道德的行為。

顧君挺然抬首，向周老師陳辯解道：「我完全歡迎周老師約見我的家長過來面談，但是我父母工作繁忙，需要約定一個時間，但這份功課的確是我自己親手完成的！我提議，我們可以現場重新再做一次功課，好嗎？這樣就不用麻煩到家長，也可以證明同學們是能夠理解功課裡的內容。」

周老師注視著陳麗、陳彤等人，不發一言，她們低首垂淚，向周老師低聲說：「周老師，對不起，是……是……我們……是抄襲了顧君的功課……」

小霸王極度不情願地承認錯誤：「我也承認……我是抄襲他的功課……」他對顧君目露凶光，彷彿在告訴顧君：這次你贏了，但你以後不會那麼幸運！

顧君成功捍衛了自己的聲譽，周老師說：「好，這次我無意向學校彙報同學們的抄襲行為，給予你們一次機會。可是，你們要明白你們是不應該抄襲功課，因為功課是鞏固知識的重要途徑。你們將來參與公開試時，甚至在社會裡遇到難關時，並沒有任何機會去抄襲他人，否則會招致官非。其實做功課是一個良好的訓練，不應該視為苦差！另外，我不願再見到你們以任何方式去捉弄顧君，你們應該要扶持新同學，你們要正式向他道歉！」

那四位同學正式向顧君道歉，並且願意重新再做功課。

周老師跟顧君說：「如果你日後在學校遇到欺凌，你一定要彙報給師長，學校對一切欺凌表示零容忍。待會放學之後，還會有多一位新同學跟你一起補習英文，他跟你一樣都是新移民，你們的英文程度非常相似。」

顧君說：「謝謝周老師。」

放學後一個半小時裡，周老師循循善誘地教導顧君，儘量確保他能夠跟上英語學習的進度。

顧君第一次堅守自己的界線，捍衛自己的權益，他瞬間明白，在修行的道路上，他要以堅定的姿態對抗一切邪惡的力量。

第四十七章 ❀ 無私的老師

在周老師的悉心教導下，顧君深刻體會到師生之間的互相關懷，也感受到了港島的高品質教育。他意識到自己和其他同學在英文水準上存在差距，儘管他需要從最基礎的英文字母開始學習，但他並不感到沮喪，因為他深知每日的微小進步將累積成巨大的飛躍。有如地球一小步，月球一大步，時光會令你在不知不覺中成長成你不認識的自己。

此外，自從他開始努力修行之後，他的記憶力和理解能力也顯著提升。

周老師對他們說：「你們兩位今天就到這裡吧。」

於是顧君和吳展邦起身，謙虛地對周老師說：「非常感謝您，周老師。」

周老師說：「不用客氣，你們都是我的學生。只要你們願意學習，教導好你們就是我的責任。」

當兩人緩緩走向校門時，顧君問吳展邦：「你是從哪裡來的？」

「我剛過來兩個禮拜，我從廣州來的，廣州話和港島的語言是一樣的，所以我會講港語。如果你需要學港語的話，我們可以多聊聊天，你很快就能學會了。」

吳展邦問道：「那你呢，顧君？」

顧君回答說：「我是從海安鎮過來的，那是建福省的鄉下地方，那裡很貧困，但我父親在這裡已經十多年了。不過在我的家鄉沒有機會學習英文。剛才在補習時，我發現你的英語水準比我好很多。我猜廣州市是一個富庶的城市吧！」

當他們經過籃球場時，顧君看到陳晞正在打籃球，於是大聲喊道：「陳晞，我要回家了。」

陳晞馬上跑過來，對顧君說：「我們下週有一場校際友誼賽，你能當我們的替補球員嗎？下週五你有空嗎？」

顧君說：「我要安排時間。明天回你，也需要和我父親商量一下成為籃球隊替補球員的事情。明天我會給你答覆。」

陳晞說：「沒問題，你明天告訴我。但我真的很希望你能參加，你的球技太厲害了，我們已經輸了三場比賽，這次勝利對我們而言非常重要，否則我們將無法參加學校聯賽。還有一件事，如果我們這次取得勝利，而如你能成為球隊的主力得分王，籃球隊將給你獎學金。」

顧君問道：「獎學金有多少錢？」

「只要我們贏了，你就能得到一個月的學費豁免，大概是二百多塊錢！」

雖然顧君沒有立刻露出喜悅的笑容，但當他聽到有機會得到一個月的豁免學費時，他對參加籃球比賽非常感興趣。他意識到這是一個難得的機會，不僅可以展示自己的球技，還有可能減輕家人的經濟負擔。

第四十八章 ❖ 馬寶山（一）

顧君回家後，立即開始做功課。他自己先溫習一番並盡力完成，然後打了電話給陳晞查詢。陳晞告訴他明天早上早點回校，他會幫忙檢查並複習功課。

顧君說：「謝謝，我會先盡力完成自己能做的，你可以幫我看一下，複習一下，只要不讓我出太大的錯誤就好。」

完成功課及溫習後，顧君開始盤坐修煉。他最近對佛學有了更深層次的領悟。因為文化衝擊、思考模式和社會文化的影響，他對生活有了更深刻的理解。他樂意接受佛陀對他的考驗，並親自實踐佛法修養。他發現自己對佛教教義和慈悲的理解已無限接近菩薩道五階，但周圍的靈氣確實非常貧乏，破碎的靈石使得他的法修進展特不明顯。

當父親回家時，顧君告訴他明天早上會早點上學，接受同學的教導並複習英文作業。他向父親描述了他在補習班的經歷：「放心爸爸，我的水準會慢慢提高，雖然現在跟同學的水平還有一段距離，但是我感覺那個差距越來越小了，過不了多長時間就應該可以追上。」

父親很安慰地笑了笑說：「放心吧，小君，你不要急躁，要循序漸進，不要給自己太大壓力。只要你願意學習，專心上課，我們還有很多時間。你還有十幾年的讀書時間，所以別太著急。」

「爸爸，我還有一件事要跟您商量，我想加入學校籃球隊。」

「沒問題，小心肢體碰撞啊！或許你可以透過這個機會認識更多本地的朋友。」父親深明勞逸結合的道理。

第二天一早旭日東升之際，顧君準備回校。當顧君回到校時，時間尚早，發現陳晞還未到達，於是他趁機到學校後山散步。後山的空氣清新，綠樹成蔭，他心裡想或許在這裡能找到一個更適合修煉的地方。

他沿著學校後面的小徑緩慢前進，約過了十分鐘，附近沒有他人，他在山頂發現了一座破舊的小寺廟。地上散落著乾枯的樹葉，寺廟的牆上佈滿了蜘蛛網。他走進寺廟，向裡面拜了三拜，並且稍為幫寺廟打掃一番。

正當他轉身要走時，他注意到寺廟旁邊有塊大石頭，周圍有一些不尋常的氣流波動。他走過去，仔細觀察，將手放在那塊巨石上，並運轉起《洗髓經》。他驚訝地發現這塊石頭裡蘊藏著大量的靈氣，足以讓他繼續修煉修行。

他再次向寺廟拜了三拜，說道：「阿彌陀佛，我佛慈悲。原來一切都有我佛的安排。」他轉身沿著小路飛奔回學校，終於遇見了陳晞。

「顧君，早上好，你等了很久嗎？」

顧君回答：「我剛回到學校。」

他把手上的功課本交給陳晞，陳晞從頭檢查並說道：「其實還不錯，但還有一些英文文法上的錯誤。」陳晞的成績很好，他願意幫助顧君，這讓顧君感到非常感激。

更重要的是，他今天發現了一個可以加速修行的小寺廟，這使他可以更深入地理解佛法，進行法的修行，並練習少林羅漢拳提昇境界。他迫不及待地期待明天早上到後山修行，希望自己的修行能有明顯的進步。

突然間，顧君直覺到佛陀正在賜予他力量，似乎一條光明大道正在等待著他！

第四十九章 ❈ 馬寶山（二）

顧君懷著興奮的心情進入夢鄉。這一天，小和尚再次出現於他的夢中，並在他的識海中說：「你今天去了那座小寺廟，我也看到了！」

顧君說：「你也知道！」

「當然啦！我就是你，你就是我。這一切都是之前安排好的。」小和尚答道。

顧君說：「嗯，我明白了。」

小和尚跟他說：「你知道那是什麼地方嗎？」

顧君說：「我知道那是一座寺廟，旁邊有一塊大靈石。今天我感受到了它散發的靈氣波動，運行《洗髓經》時能感應到它的能量。」

小和尚問：「你知道那個小寺廟供奉的是哪位神明嗎？」

顧君接著說：「嗯，我看到上面寫的是『觀世音菩薩』。」

小和尚點頭說：「是的，那是觀音大士。那你知道祂的背景和思想嗎？你知道祂要你領悟甚麼嗎？」

顧君說：「觀音大士是我的乾娘，我小時候母親帶我去龍山寺，希望祂能庇佑我健康成長。但是其他的我就不太清楚了，你能給我講講嗎？」

小和尚接著說：「眾生界稱呼觀音菩薩為『觀世音菩薩』。祂是觀察世間聲音的菩薩，當眾生被苦惱所困擾，只要他們聽到觀世音菩薩的聲音，他們身心便會盡得解脫。「簡單來說，觀世音菩薩是能聽見世間一切的聲音，也能得悉任何世間的苦難。只要你相信觀世音菩薩的存在，祂都會無時無刻聽到你的訴苦。只要當百千萬眾生受苦困惱，聞觀世音菩薩一音，得到放鬆緊張的思緒。

「其實，觀世音菩薩以簡潔之法與世俗人溝通，乃佛陀身邊的大菩薩，希望能輔助我佛超渡世間眾生，實現普渡眾生的宏大願景。觀世音菩薩在佛教中是最具代表性的菩薩。『觀世音』全稱『觀世界眾生之音』，表示祂能夠聆聽到眾生界所有的苦難之聲，以其憐憫的心腸去救渡世俗人，使他們早日脫離苦海，得致真正解脫和內心的平靜。」

「觀世音菩薩的形象變化多端，最常見的形象為美麗端莊、慈眉善目的女性，身穿華麗的袍袂，左手持寶瓶，右手持蓮花或念珠等法器，身邊還有兩條青龍。」

「觀世音菩薩是大慈大悲、博愛無私的菩薩。祂從不計較世間的因緣條件，只專注關注眾生的苦難，以救渡和普渡眾生，因此被尊稱為『大慈大悲菩薩』。『大悲』一詞泛指眾生的苦難讓觀世音菩薩深感憐憫，祂憑藉慈悲智慧來解救眾生於苦難之中。觀世音菩薩的大悲不僅體現在祂的慈悲心，祂還以自身的智慧去明辨眾生的各種困難，並給予適當的救渡。」

「觀世音菩薩的大悲是非常深刻和純粹的慈悲，祂的慈悲不分種族、階層、性別和信仰，所以祂對眾生都充滿愛和關懷。觀世音菩薩的大悲也體現在祂的各種化身和行為，例如：祂會化身成男女老幼、動物等各種形態去救渡眾生。

「觀世音菩薩的大悲不僅在佛門弟子中受到崇敬，也深深影響了眾生的信仰。在華人傳統的文化中，觀世音菩薩被視為女性美德的象徵，祂的慈悲和智慧體現了華人社會的核心價值觀。在華人佛教信仰中，觀世音菩薩也是最受眾生崇拜和供奉的對象之一，許多人會在生命中的重要時刻向祂祈求庇佑。」

「觀世音菩薩在佛教中享有廣泛的崇拜和信仰，她的法門包括觀音靈感、觀音法門、大悲咒、六字大明咒等。我想向你介紹其中幾個法門：第一本，《觀世音菩薩普門品》：這是觀世音菩薩的一部經典，內容描述觀世音菩薩的普遍功德和加持力量；第二本，《大悲咒》：這是一首關於觀世音菩薩的誦經，是佛教中最著名的咒語，常常被用來祈求菩薩加持和保佑；第三本，《法華經》：其中也有關於觀世音菩薩的描述，包括了觀世音菩薩的智慧和加持力量等；第四本，《佛說觀無量壽佛經》：這部經典講述了觀世音菩薩在娑婆世界說法，而其中有關於觀世音菩薩的部分，也成為了佛教中重要的經典之一。這些法門都是以她的慈悲智慧為核心，幫助眾生渡過生死輪迴的苦難，達到涅槃解脫的目的。」

小和尚詳細解說，使顧君對觀世音菩薩的形象越來越清楚。

突然間，顧君醒來了，已是早上六點。趁著四周無人，他立刻施展自己的輕功，奔到了學校後山的小寺廟。

果然，寺廟的柱身上寫著「觀自在菩薩」。他馬上對寺廟躬身，拜三拜。之後盤腿坐在那塊石頭上面，開始領悟。他心中的那個點越來越光亮，逐漸變成了一個圓，令顧君身上不知不覺發出了一絲絲的華光。

在他的心中，那一點圓慢慢從他的識海，擴展到整個身體，再慢慢擴展到周邊的小樹木。這個圓慢慢變成了觀自在菩薩的「渡」。這彷彿告訴顧君：你要把自己的溫暖，化成光亮，以大愛的方式去照耀有需要的眾生。

唯心有佛，即是渡。這是菩薩道的第五階給顧君的課題，包括：他最近來港島的經歷，即使他面對許多困難，他還是懷著慈悲之心，去面對早前嘗試欺凌他的同學，希望通過此方法讓他們深切反省。

顧君停滯不前的修行，終於有明顯的進步。隨著他鍥而不捨地運轉他的小周天，他明顯地感受到修行的進展。

就在此時，靈氣大量的湧進入他的奇經八脈裡面，促使他越來越逼近築基界三層大圓滿，但顧君繼續保持耐性，逐步紮實基礎。古語有雲：「合抱之木，生於毫末；九層之台，起於累土；千里之行，始於足下。」他不會與他人比較，皆因他知道自己的奇經八脈比一般的修行者寬闊，所需要的靈氣比其他人更加多。

讀書、修行、融入社會，逐漸成為顧君的日常生活。

第五十章 陳晞被欺負

顧君修行完畢後便回到課室準備上課，他注意到陳晞一拐一拐地進入課室，校服看起來有些髒。顧君目睹此景，於是在小休時主動上前慰問陳晞：「發生什麼事？」

陳晞迴避顧君的目光：「沒什麼，沒什麼，我不小心摔了一跤而已……」

顧君說：「陳晞，你看著我，告訴我發生什麼事了？你摔了一跤，頭沒受傷，但是腳會拐，書包會爛，衣服會髒的……你老實告訴我，如果你當我是朋友的話，你必須告訴我，如果你發生什麼不公平的事，我一定會為你討回公道！」

顧君發現陳晞的眼角冒出一滴淚水，顧君拍了拍陳晞的肩膀說：「你老老實實地告訴我，有什麼事我們一起商量。」

「我……我今天早上碰到了隔壁學校籃球隊的人，他們指著我笑，說我這個中鋒沒用，老搶不到籃板，所以我吞不下那口氣，就跟他們的中鋒說他才搶不到籃板。結果他們就挑戰我，要不比一場，我吞不下那口氣，所以就跟他們的中鋒剛剛在旁邊的那個籃球場上面比了一場，他們對方的中鋒比我高了差不多小半個頭，胳膊比我的大腿還粗，當然我比不過他呀，但是我吞不下那口氣呀……」

顧君看了看陳晞，跟他說：「你知道嗎？打籃球是會比身高、體重或體型，最重要的是……你知道嗎？」

陳晞看了看顧君說：「電視裡都說能掌控籃板的人就能掌控全場的節奏……」

顧君噗的一聲笑了出來，說：「那個是動畫片！我告訴你，我覺得要贏球是非常簡單，要麼你進攻特別厲害，要麼你防守特別厲害，但我更傾向要注重防守！」

陳晞看了看顧君說：「什麼？！我從來沒有聽過要防守才能贏得比賽。」

顧君說：「我用數學的理論向你解釋一下。如果對方進兩分，我們也進兩分，大家也就打平了。但是如果對方入不了兩分，我們得兩分，那誰贏啊？」

陳晞馬上說：「0比2……咱們贏啊！但怎樣讓對方拿不到分數？」

「防守最重要，即使我們不再得分，那麼我們已經立於不敗之地。」

陳晞好被他這一番話深深震撼了，他從來沒有想過打籃球不拿分也能贏球。

顧君又跟陳晞說：「你知道防守最重要的是什麼嗎？你覺得是身高嗎？」

陳晞馬上說：「難道不是……」

顧君接著說：「大哥……打籃球在於防守，而不是拿籃板那麼簡單的一件事情，如果他們永遠進不到三分圈裡面，沒有機會去射球的時候，就算在三分球裡面，我們對他們的進攻先加限制……即使他有如猿人般高大，那還有用嗎？高能代表什麼呀？

我們一定要以技術取勝。你明白嗎？」

陳晞突然間覺得顧君的話完全顛覆了他對打籃球的觀念，於是握著顧君的手說：「那我們應該怎麼做呀？」

顧君：「你去約我們的籃球隊長，我們要儘快商討對策，瞭解對方的身高，還有他們的優點，並討論戰術去克制對方。知己知彼，百戰不殆呀！你們忽略了防守的重要性，那又怎能贏得比賽呢？如果我們整隊的平均身高比人家稍微弱勢的時候，那麼防守是我們最好的策略。以我們目前的情況來講，我們是偏弱，特別是內線球的時候，那我們該打防守，打外圍，打快攻。我們身材比較弱小，所以要盯緊著他們，但我們的反擊必須快速，他們體型大，轉身比我方慢，這是最基本的戰術。」

其實這些理念都是顧君在修行時所領悟的道理，須以己之強攻敵之弱，那將立於不敗。法修裡面講的其中一個重要的道理就是「四兩撥千斤」，顧君想把這個道理告訴陳晞，打籃球也是一種作戰方式，也是法修的基本原理。

顧君拍了拍陳晞的肩膀，跟他說：「你放心，我們好好坐下來談談，制定這個作戰方式，那天我不一定需要出手。我們只要預先把這個作戰方式定好，勝出的機會還是很高的。你在哪裡被人家欺負，你就從那裡把自己的尊嚴贏回來，知道嗎？」

顧君非常嚴肅地分享他的籃球哲學，因為他知道一旦這種自尊心被擊倒，如果沒有強大的力量來支撐它，陳晞將在心裡留下永不磨滅的陰影。當然，他剛剛領悟了修行界的「渡」，盡力希望在情感上支持朋友，以生命影響生命。

陳晞抬起了他的頭，以堅定的目光望著顧君，說：「我明白了，我會和籃球隊長商談作戰方式。我不會再被人欺負，我會為我自己討回公道！謝謝你，顧君！」

顧君微笑著點頭，並祝福陳晞：「加油！相信自己，你一定可以做得更好！」

第五十一章 ❈ 籃球隊長

顧君向陳晞詳細解釋籃球的戰術，使得陳晞對籃球比賽的勝利充滿憧憬，他馬上約籃球隊長程曉東和顧君一同進餐，共商籃球隊的計劃。

午飯時分三人碰上面，程曉東跟顧君說：「我前兩天聽陳晞說過你。我們也期待有新血液加入籃球隊，以增強我們的實力。根據陳晞的描述，我對你的籃球看法深感認同。我自己是一個快攻手，也擔任大前鋒的角色，所以進攻一直是我的強項，但我承認我們在防守和三分球方面有些弱點。聽說你的三分球技術很出色，同時也擅長快攻。」

顧君微笑回應道：「其實我在籃球方面只是普通水準，只練習過一兩年而已。不過以前我有個叔叔是體育老師，我跟他學了兩年，所以還能應付一般的比賽……」

顧君心裡想：如果能夠將修行的功力發揮出來，他自信能够贏得所有比賽。但他要用一般人的方式來公平競爭，他的特殊能力是用來幫助他人的。

程曉東解釋道：「雖然我們的身高和體重比不上對手，但我們可以提高速度。防守是目前最佳的策略，尤其在我們進攻能力相對較弱的情況下，防守至關重要。」

程曉東確實是個非常熱愛籃球的人，在整個午飯的過程中，三個人互相溝通得非常好，討論及決定出作戰方案。

程曉東表達了自己的意願，言道：「顧君，我真的希望你能正式加入我們的籃球隊。我們明白你家庭的情況，有時可能無法參加訓練，但我們不希望你只是一個後備球員，希望你能發揮自己的才華。請你仔細考慮！」

顧君思索片刻後答道：「好，我正式加入，謝謝邀請，但是請你們也要體諒我的情況，感謝你們對我的支持。」

陳晞立即拍了拍顧君的肩膀，語氣堅定地說道：「正是如此，我們是個團隊，你的加入同時可以讓你更容易融入學校圈子，有更多機會和其他隊員交流。」

當眾人開始討論下週友誼賽安排，顧君答應程曉東必定參與該比賽，程曉東亦希望親眼見證顧君的籃球實力。三人已下定決心，欲擊敗友誼賽中的對手，究竟他們能否萬眾一心贏得比賽呢？

第五十二章 ❖ 友誼賽

顧君繼續於六時早起，前往小寺廟進行修行。經過兩週的修煉，他的築基境三層已經達到了巔峰，只在等待一個突破的契機。

顧君於小寺廟前鞠躬三拜，之後坐在靈石上，繼續修煉並刻苦地練習少林羅漢拳。突然，靈石中湧出一股巨大靈氣沖洗著他的脈絡，顧君意識到他即將突破築基境三層。他凝神觀鼻，鼻觀心，不斷運行小周天，積極吸納靈石中的大量靈氣，將其轉化為真氣內力。真氣和內力在他的奇經八脈內瘋狂運轉，猶如萬馬奔騰，勢不可擋，最終流回丹田。突然，他整個身體發出隆隆聲響，終於突破了築基境三層，踏入了四層。

現在，他已經領悟到了菩薩道的第五階，但他並沒忘記小和尚和虛木一直叮囑他的「佛修一定要比法修高」這一大原則，以免誤入歧途。

顧君在七點多時地回到學校，滿心期待當天下午的籃球友誼賽。友誼賽將在他的學校舉行，對手是隔壁名校的籃球隊，整體身材較為高大。陳晞、程曉東和顧君針對對方球員的身高和技術進行了充分研究，並決定執行以防守為主的戰略，特別是將對方身材較高的球員擠出籃下，削弱他們在籃板上的優勢。

比賽一開始，雙方迅速展開對決。程曉東並沒有讓顧君立即上場，他對顧君說：「顧君，你先坐著，我們五個先去試試第一節，你觀察一下。」

隨著裁判的哨聲響起，對方展現強勢的進攻，尤其在籃板和籃底下的進攻非常強勢，令人難以應對，對方很快以20比12領先，第一節就落後了八分。雖然這個差距相當大，但顧君並不為這分數差別有所擔憂。

在第一節中，顧君觀察到對方動作比較粗魯，經常做出不禮貌的小動作。當雙方中場休息時，顧君提出一些提議：「首先，不要與對方發生身體碰撞，因為他們的動作比較粗魯，容易受傷。要擴張身體，把對方擠出籃圈，避免與他們硬碰！就像『四兩撥千斤』一樣！其次，將身高較高的球員擠出籃圈後，陳晞，你要在籃底掌控局面。因為將對方中鋒擠出後，你身高就有優勢，比對方其他球員來得高一點。一旦對方沒有中鋒，我們就快速發起進攻得分。雖然差距有八分，但是也就是幾個來回就能追上，不要自亂陣腳。」

程曉東問顧君：「顧君，你第二節上場嗎？」

顧君說：「我暫不上場，我只要打第四節。只要把分數維持在十分以內差距，第四節由我來打，主導整個進攻跟防守。」

在第二和第三節之間，比分一直維持在十分以內的差距，60比54，相差六分。此時，對方球隊自以為佔有優勢、大局已定地說：「你們還是會輸的！」

程曉東大聲喊道：「還不知道呢！還有一節，大家加油，別理他們。」

這時，顧君跟程曉東說：「隊長，我可以上嗎？」

顧君跑到前場，擔任四號位。當球一開出來時，顧君非常靈活地帶球到籃底，完全吸引著幾個對方高個子球員，之後完美地傳球給了在籃底的陳晞，陳晞馬上跳投得分，他們獲得了兩分！比數更接近了。

顧君迅速回防，不給對方機會進行快攻。在最後一分鐘，落後兩分。「十，九，八……」時間一秒一秒地過去，陳晞跑到籃底，被兩個對方球員封堵去路，於是他傳球給三分線的顧君。顧君舉手投籃，在最後兩秒的時候，為球隊攻下了三分，比賽就這樣落幕了。

籃球隊為學校贏得了友誼賽，這令大家非常激動，他們終於體驗到勝利的喜悅。這次比賽讓他們明白：大家只要團結一致，面對目前的困難。即使前路迷茫，也要有堅定的決心，也能一一克服所有困難。顧君也贏得了整個籃球隊的尊重，大家覺得顧君的戰鬥理念非常值得深入研究。

這次籃球比賽的勝利對顧君來說具有重大意義，象徵著他能夠融入港島的生活。雖然遺憾的是，由於顧君上場時間不長，無法獲得最佳球員的稱號，但顧君的心境並未有太大波動。作為一個修行者，他深知球隊整體的出色表現和完美的團隊精神才是最重要的。

第五十三章 ❈ 小風波（一）

日子一天天的過，顧君逐漸適應了港島的生活模式與節奏，深刻體會到文化的衝擊。幸好他有貴人的從旁協助，使其能儘快融入港島的生活。

顧君的小妹就讀半日制的小學，放學後在父親的公司等待，等候父親下班一起回家。有一天下午，父親致電顧君，讓他到公司接小妹回家。

當顧君踏入公司大門時，無奈遭受父親的一位同事冷眼嘲笑，說：「你們兩個鄉下仔，你的廣東話……來了一個月還沒有學會啊？你說的是鄉下話，那你讀書怎麼辦啊？你看我兒子讀得多好！」

而且，有另一個同事還在看到顧君時，故意向他炫耀：「聽說你學費要二百多塊錢，好貴！你看我兒子在唸本地的官立學校，而且不用交學費，如果你們用功讀書，那你父親亦無需繳學費了！」

顧君是一個修行之人，橫眉冷對千夫指，不為其所動，以平和之心跟小妹說：「小妹，爸爸讓我來接你回家。他今天可能要晚一點，因為他還要去加班。」

小妹說：「好！沒問題！」

其實那些冷嘲熱諷是出自公司的其中一位老闆和他的弟弟，他一直都不太看好顧君的父親，因為父親教育水準甚低，所以他看不起這位新移民。父親對來自他人的冷嘲熱諷一直是甚為忍耐。因為他心志堅定，全心全意地賺錢養家，希望為家庭帶來更美好生活。

雖然顧君未有異議反駁，但這件事激勵著他更加努力，推動自己進步，盼望早日能夠減輕父親的負擔。他也非常明白這是修行的一部分，因為「忍辱」是佛陀對凡人的一大考驗，也考驗年輕顧君的耐性，早日成為有用之人。他深深明白，只有透過努力和學習，他才能夠改變別人對他的看法，同時也能夠為父親爭取更多的尊重和欣賞。他知道這不僅僅是為了自己，更是為了家庭的未來。因此，顧君更加努力地學習港語，以便更快地適應這個城市的生活方式。

第五十四章 ❖ 小風波（二）

當天，顧君接小妹回家後，晚餐時他向爸爸講述了在公司遭受冷嘲熱諷的事情。然而，他的爸爸以冷靜的態度對他說：「你們小孩不要管這些事情，只要專心讀書，那是我們大人間的問題。」

顧君是一個修行者，思想比較早熟，因此他能夠體諒父親的工作困境。父親以溫和慈祥的微笑對顧君說：「生活雖然困難，但總會過去。只要一家人在一起，未來每一天都會比現在好。我們以前在老家時的生活，不是比現在更困難嗎？現在的生活不是比以前好得多了嗎？你們看，我們每天都在進步。我們應該懂得感恩！」

他繼續說道：「你們一定要爭取好成績，你們的將來不要像爸爸媽媽一樣只能在港島賺取微薄的薪水，還要遭人白眼。你們一定要出人頭地，不要辜負我們對你們的期望啊！」

父親為母親找到了一份在工廠的工作，一個月能領取兩次薪水，但每次只有幾百元。母親是一個虔誠的佛教徒，宗教信仰使她變得堅毅，願意犧牲自己來換取子女的幸福生活，母愛是無私的。那是一份不輕鬆的工作，都要靠勞力付出。

在用餐的過程中，顧君問父親一些有關公立學校和私立學校的資訊，父親告訴他：「其實我也不太懂，但是我知道你現在就讀的學校比較有名，教學質量也較好，所以我不辭辛勞地供你讀書。」

顧君問父親：「我們家附近有沒有好一點的公立學校？」

父親說：「離我們家只有三分鐘路程，有一所很好的公立學校，比你現在的學校還更好。如果你有信心的話，我們可以去試試？而且這間學校不用交學費。」

這讓顧君感到非常有興趣，因為他開始對自己的英語能力有了信心，他想一試身手。這時，父親說：「這所學校……公司裡幾個同事的小孩，包括老闆們的兒子，都去考過，但都沒有考上……你不要給自己太大的壓力，只需盡力而為。」

這個資訊對顧君來說非常重要，因為他想考進這所學校，希望能為父親爭口氣。顧君下定決心，一定要在最短的時間內大幅提高自己的水平。

考進這所中學對顧君來說是一場「反擊戰」，他能否在旁人冷眼嘲笑的情況下成功考入該校呢？

第五十五章 ❀ 期中考的來臨

顧君逐漸適應港島的生活，融入學校環境，並迎來他生命中的第一個聖誕節。儘管全世界都在歡慶耶穌基督的誕生，他卻在家中努力準備迎接他的首次期中考試。

像往常一樣，顧君早晨六點鐘起床，前往馬寶山的小寺廟修行。回到學校後，他問坐在旁邊的陳晞：「陳晞，前兩天聽同學說快要期中考了，你可以告訴我一下我們學校的期中考試模式嗎？」

陳晞回答道：「其實就是每科考試時間大概一個半到兩個小時。例如，數學分為兩考卷，卷一是選擇題，卷二是問答題。中文、英文以及其他科目都是類似的模式。期中考試的成績佔整年成績的百分之四十，非常重要。換句話說，明年期末考試的成績佔整體成績的百分之六十，這兩次考試的總分就會是今個學年排名。學校也會根據這些考試成績去發放獎學金。」

陳晞接著說：「數學、英文、中文是主要科目，這三科的成績對你的排名影響最大。根據你目前的情況，你的英文成績可能稍微落後其他人。如果你想在排名上有好的成績，就需要在你的優勢科目中爭取更高的分數。我建議你提升英語水準，以免拉低整個平均分。」

顧君表示理解：「我明白了，同學們都非常優秀，他們的平均分數大概多少分？」

顧君續著問道。

陳晞思索片刻後說：「我上次是排名大概十二、三左右，我們班裡有四十個學生，我的三科平均分大概在七十五分左右。而排第一名應該是八十八分左右。」

「八十八分……」顧君心中盤算，這意味著他需要在這三科都取得八十分以上的成績。

他又問：「那整班的平均分數是多少啊？」

陳晞說：「整個班的平均分數大概在七十分左右。最高分是八十八，最低分大概在六十左右，所以平均分約在七十左右。如果你想進入前二十名，那麼你肯定需要超過七十分。」

顧君心想：他應該是可以在數學及中文拿到八十五分以上的成績，所以他要下定決心提升英文水準，努力爭取在班級排名中處於中游以上的位置。

回到家後，他向補習老師說：「我需要大幅提升英文水準，並爭取更好的排名。希望您能專注指導我的英文學習，或給我一些應對英文考試的方法。」

補習老師回答道：「當然！我不太擔心你的語文和數學，只要你避免一些粗心大意的錯誤。我相信你的數學甚至可以超過九十分。至於英文，我希望這次能取得及格以上的成績，及格是指六十分或以上……」

顧君心想：他有機會進入前二十名了。他知道家人已經為他投入了很多資源，他也希望能給自己設定一個高目標，同時向父母交代。

於是，在接下來的兩週時間裡，顧君進行了密集的複習，家裡的補習老師和周老師一起幫助他提升英文水準，他幾乎錯過了籃球隊的所有訓練。

雖然顧君的目標是進入前二十名，但他希望能設定更高的目標。他把這次考試視為人生重要的一環，他要保持冷靜，迎接人生不同類型的考驗。

第五十六章 ❈ 考試（一）

顧君於聖誕及新年假期中努力溫習，終於迎來了考試週，當中最困難的是英文考試。

英文考試於早上八點半舉行，首先是卷一作文考試，卷二考試於十點半開始。考試場地設在學校的大禮堂，學生們被安排在大禮堂的座位上。每張桌子之間相隔半米，以防止作弊的可能性。顧君第一次在這莊嚴的大禮堂中參加考試，令他稍感緊張。

他之前與補習老師商討了策略，制定了一個計劃：查找相關詞彙、語法和描述方法。雖然補習老師對這種方法有所保留，但他們知道為了有機會取得好成績，他們只能稍微施展點小手段，以爭取佳績。

英文作文的題目是「個人參觀博物館的經驗」，要求至少六百字。這讓顧君回憶起自己剛移居港島時，週末父親帶全家參觀各種博物館和名勝古蹟的經歷。因此，顧君決定寫一篇關於參觀港島動植物博物館的英文作文。

他花了近一個小時完成了這篇文章，並在剩餘時間內進行了潤稿，以減少失分的可能性，按時交卷。休息半小時後，他進行了卷二的考試，內容主要考察課本所教內容。對顧君來說相對簡單，他應對自如並仔細檢查。

考試結束後，陳晞和程曉東在外面等候。他們看到顧君走過來，打招呼並對他說：「情況如何？我們都知道你學習英文的時間並不長，不要太在意，也不要因為英文考得不好而影響你接下來的考試。」

顧君點頭稱謝，回答道：「謝謝你們的關心。我覺得還不錯，應該還可以吧！」

當晚，父母對顧君表示關心，他們說：「小君，今天考得怎樣啊？不要氣餒啊，你學英文才兩個多月，其他同學已經學了好幾年了，我們慢慢來就好。不用擔心，還有時間！這次考得不好也沒關係，下次再努力一點，以後會更好的。」

為了避免給他帶來壓力，父母試圖鼓勵他，但顧君微笑著對他們說：「沒事的，我覺得還不錯，雖然不算很好，但及格應該沒大問題！」

父親驚訝地說：「真的嗎？如果你真的及格，我們會非常高興。你竟然能兩個月內大幅提升英語水平！」

顧君迅速吃完晚飯，在腦子最清醒的時候進行冥想，集中精神。當他的思緒進入一片空明、玄之又玄的狀態後，他迅速清醒過來，趁著頭腦最清晰的時候，為明天的語文考試做好準備！

第五十七章 ❈ 考試（二）

顧君順利完成了英文科考試後，信心倍增，苦練修行使他更加專注地去溫習。

顧君努力準備明天的語文和數學考試，今天的英文考試表現讓他感到振奮，因為他原本對英文考試最為擔心，但最終並未難倒他。現在他對自己在語文和數學方面取得更好成績充滿信心，他的目標是獲得八十五分以上的成績。儘管要專心應對考試，但他並沒有停止修行，因為修行能使他在考試期間保持心靈平靜和專注。

最後一科考試結束時，顧君與陳晞在門口碰到程曉東，程曉東對他們說：「我們終於考完了！放鬆一下吧，走，咱們去那個速食店，我請你們吃紅豆冰淇淋！」

陳晞說：「真的嗎？隊長太好了！我已經好久沒吃紅豆沙冰淇淋了。這個紅豆沙冰淇淋是最有名的甜品，一杯要十幾塊錢啊！謝謝！」

顧君也聽說過這家速食店，但高昂的價格讓他有些猶豫，他不好意思地對程曉東說：「不太好吧……要你請客……」

程曉東說：「沒事，就兩杯甜點而已，走吧！」三個人開心地走進速食店，程曉東立刻去付錢，陳晞則去拿盤子，而顧君則坐在位置上等待他們。他們都知道顧君是新移民，擔心他對這些地方還不太習慣。

事實上，顧君已經漸漸融入當地的生活，他學習標準的港式粵語速度超乎想象，幾乎無法分辨他是新移民，這讓他感到非常自豪。這時在速食店，剛好碰到之前那四個一起抄作業的同學，他們對顧君說：「你也在這裡？你的考試如何呢？我們敢打賭你的英文科一定不及格！農村來的高材生！哈哈！」然而，這四個同學的成績並不特別出眾，名次大多在二十幾左右。

顧君冷靜地回答：「是的，我的英文或許沒有你們那麼好！但我會努力的，謝謝你們的關心。」

「我賭一百元，你的英文會不及格！」帶頭的那個繼續用嘲笑的語氣說道。

顧君說：「不用打賭，沒什麼好賭的，成績嘛……下週就知道了。」

程曉東走過來說：「你什麼意思啊？賭就賭，我賭顧君一定可以及格。」程曉東和陳晞對望一眼，以眼神支持顧君。

「賭一百塊錢？」顧君馬上站起來，面對他倆說：「我們不用理他們，我的成績我自己知道，沒什麼好賭的。」

「我們不和你賭錢，如果你們輸了，就請我們吃飯；如果我們三個輸了，我們就請你們四個吃飯，怎麼樣？」程曉東大聲地對那四人搶白。

顧君聽到兩位好朋友對他的支持，內心泛起絲絲感動。

「顧君！我們對你非常有信心！我們永遠站在你身旁，擊退欺凌者！而且有人想請我們吃飯，那就不客氣了！謝謝你們啦！」陳晞接著說道。

第五十八章 ❀ 考試成績

經過一週緊張的考試，顧君終於迎來一個輕鬆的週末。他花一些時間去領悟及修煉。在這次準備考試的過程中，他對佛法的信仰有了更深的領悟。異域文化的衝擊和生活壓力讓顧君悟到新的思維。他明白生活本身就是修行的一部分，也是積累的過程。之前他已經從濟生和虛木身上有所體會。此外，程曉東、陳晞以及籃球隊的隊員們相約去打籃球，好好地放鬆及迎接下星期的試卷分派。

星期一早上，顧君按時回到了校園。在第一節課上，他看到周老師手持一疊考卷，對全班同學說道：「這次的期中考試，大家都有進步，非常好。我希望大家都能繼續努力，當然有些同學還需要更加努力……」

當顧君聽到這句話時，心中思道：是在講我嗎？

同時，他也發現那四個同學對他瞪眼刺視，微微露出嘲笑的表情，彷彿向他說：「你肯定要請客了！」

周老師高聲呼喚每個同學的名字，讓他們領取自己的考卷。正所謂「有人歡喜有人愁」，顧君一直等待著自己的名字。

「顧君！」周老師喚起顧君的名字，他馬上站起來，快步走到老師面前，老師對著顧君說：「雖然分數不是名列前茅，但已經有非常大的進步，而且……表現非常不錯，繼續加油！」

顧君謙虛地說：「謝謝周老師的教導。」他看著自己的考卷，作文得了六十八分，課文題目得了七十八分。顧君回到座位上，檢查著自己辛苦取得的成績的考卷，內心激盪，終於能向父母有所交代，也可以用成績回擊那些嘲諷他的人！

六十八分與七十八分，平均分數為七十三分。周老師接著給大家分析說：「這一次分數最高的是某某某同學，平均分卷一加卷二是八十六分。」

顧君下定決心：有朝一日我也會達到這個分數！

「這次有三個同學沒及格，這三位同學我就不點名了，你們回去要跟家長溝通一下。這次的全班平均分數是七十一分！」

顧君心想：我比平均分數還要高一點點！他內心感到喜悅且激動，他並沒有白白浪費父母親供書教學之恩。

接下來的兩三節課都是分發不同科目的試卷，顧君的語文平均分數是八十三分，數學平均分數是九十五分，並且在全班排名第二！

陳晞跑過去對那四位同學說：「我們去吃飯吧！」

那四個同學說：「什麼吃飯，我們什麼都聽不懂？」

這時，程曉東也走過來，和陳晞一起對那四個同學說：「顧君的英文及格了，而且超過七十分。上次在餐廳裡說的話，你們什麼時候醒悟啊？」

那四個人看著陳晞有些兇狠，但一看到程曉東，立刻不敢再嚇唬。

「這週五的午餐我們不在學校吃了，我們去餐廳吃。別再逃避了！」程曉東大聲地喊道，舉起右手的手指對著顧君說：「好啊！高材生的成績真是太棒了！」

顧君知道自己總成績應該是全班的第五名，這個成績令人驕傲。如果他的英文水準再提高一點，進入前三名也不是不能的！

此刻，顧君只想回家告訴父母這個好消息。父親接過考卷，看著分數，雙手微顫，充滿激動之情。父親高興地對顧君說：「小君啊，這是個非常好的開始。但我們還需要繼續努力，不得驕傲！你在語文和數學方面表現得很好，一定要保持！和補習老師商量如何再提高英文水準，但不要給自己太大的壓力哦！」

對顧君來講，他更加重視與家人分享的喜悅。父親很大方地請了一家人外出吃龍蝦套餐，作為顧君的慶功宴！這是他人生第一次吃到龍蝦，感受到父母對他們的疼愛，他露出了開心的笑容。

天下父母親，兒女勝千金！

第五十九章 ❈ 偉大的父母（一）

顧君這次的考試成績為家裡帶來了久違的歡樂氛圍。父母從未想到他能在這麼短的時間內取得如此優異的成績，而且他展現出驚人的意志力去改善英文水準，考了比全班平均分稍高一點的分數。然而，顧君也對自己說：「英文的基礎還是要趁早紮實，鞏固自己的知識。」

時間匆匆流逝，家庭生活環境稍有改善。父親終於迎來了夢寐以求的加薪，母親也有工作，家庭總收入稍微提升了一些。

這天吃晚飯時，顧君對父親說：「爸爸，我現在可以自學英文了，而且周老師也正在幫我補習，是否可以暫停家教了呢？」

父親看著顧君說：「小君，雖然你這次的考試成績讓我們感到歡喜，但是你的英文還只處於中游水準，我們家雖然不是很富有，但我們有能力負擔你的補習費用，不用擔心，努力學習為上。」顧君心裡有點難過，因為補習費一直以來對於家裡來說是一筆不小的開支。

父親繼續說：「還有一件事，你們過來看看，現在我們的小房間的對面，有一個比現在居住的房間大約兩倍的地方，約有八十平方尺大小。」

父親打開門，請大家進去，說：「小陳一家已搬走了，他們獲得政府分配的公共房屋，兩天前搬離。我已經與房東商討，詢問能否也租下這間大房，房東回說只要求三百元租金。由於我們家與房東相處得很好，母親常幫房東做家務，房東對我們非常感激，因此我打算將那個寬敞的房間租下來，給你和妹妹作為睡房，還會為你們準備書桌。我和母親將繼續住在這個小房間，不會妨礙你們的學習。」

小妹和顧君深深理解父母的偉大，他們甘願犧牲自己，為下一代創造更美好的生活環境。顧君對父親說：「爸爸，我們的生活壓力會變得更大嗎？你和媽媽會更辛苦，這樣每個月的開銷多了好幾百塊錢，而且水電費也會增加……」

父親笑著回說：「小君，我們雖然不是很富有，但我們賺來的錢是用來支持你們的教育，只要你們兩個努力學習，我們便會感到心滿意足了。」

父親急不及待地去了家居店，買了一些木板回來，開始裝潢那個大房間，他為顧君和妹妹做了兩張新的床，還準備了兩張書桌。苦澀的日子終將過去，顧君一家終於迎來了春日的曙光。父親再一次展現了他非凡的建築能力，為一家建立安樂窩。

第六十章 ❈ 偉大的父母（二）

另一天，當顧君放學回到家中時，他發現書桌上放著一個箱子，裡面藏著一台嶄新的錄音機，這讓他感到異常高興。有了這個錄音機，他可以錄下和補習老師上課的對話，方便他溫習。

當天晚上父親回來的時候，告訴顧君：「小君，這個錄音機送給你，是獎勵你這次考得好成績。」

顧君其實知道錄音機的價錢，他曾經在一些電器店裡看過，要價好幾百塊錢呢！他心想過如何賺取這些錢來幫助自己的學習進度。正好他的家教老師給了他一個建議，讓他錄下整個課堂的對話，方便反復複習。

顧君說：「謝謝爸爸，但……但是您怎麼知道我需要這個呢？」父親慈祥地微笑著說：「是你的家教老師建議我的，他說這樣可以提高你的補習效果，而且你還可以聽聽廣東歌，一邊聽歌一邊學港語。這樣一物多用，真是划算！」

顧君心想：這幾百塊錢……父親又要加班無數個晚上，母親也要加班多少個小時，才能夠存下來這幾百塊錢去買這個錄音機呢？他深深感受到父母的偉大，因此更加努力學習，不辜負他們的深情厚愛。

第二天，顧君像往常一樣去上學修行，但他中午沒有吃飯，想著可以省下午飯的錢，每天省下八塊錢，一週下來就能有四十塊錢，他就可以為小妹買她最喜歡的唱片。

這樣一週下來，顧君省下了四十多塊錢，在週末的時候去唱片公司購買了郭承富的最新專輯。回到家後，他把唱片放在小妹的書桌上。小妹回來後，看到最新的專輯《風之物語》，驚喜地問顧君：「哥哥，哪裡來的？」

顧君說：「是我省下的零用錢買的，你不是很喜歡嗎？我省下吃午飯的錢就買給你了。」哥哥對妹妹的關愛是理所當然的，這與修行中佛的大慈大悲有些相似，只是佛的慈悲更廣泛。對於顧君來說，他對眾生的理解、對父母的敬愛以及對妹妹的關愛都有自己的見解，這一切都是佛教教義中我佛如來的真義。

顧君跟小妹說：「小妹啊，我給你買唱片的事……你知道就好了，爸媽問的時候，你不要告訴他們是我省下吃飯的錢來購買唱片！」

小妹疑惑地問道：「但是……他們會問你錢從哪裡來呀？」

顧君點了點頭說：「嗯，那你就告訴他們，我沒有坐車，我走路上學就好了……不然他們知道我沒吃午飯的話，會擔心的，知道嗎？」

小妹點頭表示理解：「知道了，但是哥哥你以後不要這樣了。唱片我們可以一起存錢一起買，但是午飯不能不吃呀……你會肚子餓的。」

顧君點了點頭說：「沒問題啊，我就是晚點吃……學校的飯菜不好吃，對吧？你別擔心，你要不要試聽一下？」

小妹喜道：「好！」她疾速拆除包裝紙，放唱片於錄音機中，小妹便撐腮坐於自己書桌前，聆聽其曲。悠揚的歌聲，喜悅之表情，深深烙印於顧君心頭。顧君心思：我們的生活逐漸改善，我要變得更堅強，報答家人的愛！

第六十一章 ❈ 菩薩道五階

顧君在一個充滿著愛的家庭中，也漸漸融入港島的新生活。同學們的支持讓他感覺到世間的溫暖。在寒風刺骨的晚上，小和尚又來找他了，他跟顧君說：「小君，你曾否察覺到菩薩的慈悲、父母對你的關愛、以及你對小妹的疼愛，都源於一個慈悲之心呢？」

顧君思考了片刻，點頭回答說：「我確實有這樣的體會。」

小和尚繼續說道：「今天我要跟你談談觀世音菩薩的普渡眾生。佛陀和菩薩教導我們通過『渡』來實踐修行，幫助眾生，以慈悲和智慧解救他們。從苦難到無病無災的彼岸，實現真正的幸福，達到內心的平靜。

「佛教講述的三世因果指的是現世眾生的生活受到因果的影響。過去種下的因成為今日之果，此種因果關係，過去、現在、未來所組成的時空，就是三世因果的含義。

「每一世的因果連結，過去的行為和思想成就了今天的果報，而今天的行為和思想又影響著未來的果報。這種因果關係不僅僅限於個人，它還包括個人生活、團體生活以及社會大眾和自然環境。」

「換句話說，你現在的修行是通過改變自己的行為，創造更好的因果關係，從而實現最終目標。佛陀所說的『涅槃』指的是菩薩道修行中的最終解脫狀態，超越苦難的狀態。這是每個修行者的最終目標，也是我們追求的終極境界。在這個境界中，眾生將超越生死輪迴，真正解脫，擺脫一切煩惱和苦難。你明白嗎？」

顧君點頭回答：「我明白了。」

小和尚繼續解釋道：「其中的『渡』有兩層含義，廣義上是指擺脫煩惱和苦難，走向涅槃的境界。然而，『渡』的第一層含義是自我修行，通過學習佛法來增強個人能力，改變行為和思想，擺脫煩惱。這是一個長期的過程，需要持續的努力和堅持，才能理解佛法的真諦，引導並領悟其中的道理。通過實踐修行，增加功德，提升修行水準和境界。」

「『渡』的第二層含義是協助他人修行。像佛陀、觀世音菩薩等修行至佛果後，祂們幫助眾生擺脫煩惱和苦難，甚至達到無病無災的涅槃狀態，實現眾生無苦的最終目標。在這個過程中，我們需要教授佛法，傾聽他人的困難，並提供幫助和支援，積極參與佛法的傳播活動。」

「從現在開始，你可以與你的家人分享佛法，但不適合分享法術修行，因為他們可能沒有這樣的條件。但如果你能協助他們修行，對他們的生命來說將是至關重要的。」

「協助他人修行是一個漫長的過程，因為不是每個人都會相信你的話，甚至有些人會對你的觀點提出質疑。因此，佛陀常常告誡我們要保持謙虛平和的心態，更好地理解他人的需求，並幫助觀世音菩薩在世間傳播佛法。

「通過幫助他人修行，你會加深自己的心境，提升修行境界，增加自己的功德。正如有句諺語所說，『救人一命，勝造七級浮屠』。在這個渡化眾生的過程中，我們要深入理解佛法的意義和內涵，鼓勵他人的同時，也要堅持自己的修行，引導眾生走向正道。渡化眾生的需求各不相同，這就要求我們具備深厚的修行能力、高度的智慧和慈悲心。你明白嗎？」

顧君點頭回答：「我明白了。」在這個如夢似真的環境中，小和尚一句一句地解釋著佛法的真義，以及對於渡化眾生更深層次的領悟。

第六十二章 ❈ 「渡」之領悟

次日破曉時分，顧君迫不及待地拿起書包，跑到小寺廟。他按照常例向寺廟致敬，拜了三拜後，坐在那塊靈石上，重新深思小和尚所傳授的佛義。他領悟到自我修行的重要性，並理解協助他人修行的意義。最終，他達到了渡化眾生的三層含義。

佛陀的目的是讓祂的子弟們能夠擺脫苦海，達到無我的涅槃境地。這條路很遙遠，只能通過自我修行來改變「前世的因，今世的果」，以及改變「今世的因，來世的果」。隨著世世代代的演變，因果循環逐漸變得更好，進而避免六道輪迴，達到無我之彼岸。顧君漸漸體會到眾生的苦難，因此明白與人傳授佛法所負擔的艱巨偉大任務。

「我佛如來真慈悲啊！」顧君坐在靈石上，默默思考佛法的意義。他的身體華光閃現，周圍環繞著一圈金黃色的光環，陷入忘我的境地。周圍的樹木隨風搖曳，他感受到世間清新超脫的氛圍，並感受佛意的輕拂。大約一個小時後，顧君睜開眼睛，感受到自己終於突破菩薩道的五階。

菩薩道的五階是菩薩道修行的分水嶺。菩薩道的修行分為九個階段，從一階到四階屬於初階修行，只有進入第五階才能算是進入高階修行。

顧君走到小寺廟前，俯身跪拜，雙手合十，三次拜道：「我佛慈悲，救苦救難觀世音菩薩。」

他默默將自己心中的領悟傳遞給觀世音菩薩，虛心誠肯地訴說著。

接著，顧君站在小寺廟前的空地上，開始修煉少林羅漢拳，運轉小周天，練習拳術。他的佛學修行和法學修行相輔相成，菩薩道已經達到五階，而法學修行則停留在築基三層，因此他必須努力加深武學修行，吸收靈石中的靈氣，轉化為真氣內力，充實奇經八脈，為將來的突破奠定堅實基礎。

「修行無歲月，百年如一日。」顧君必須比常人更加勤奮，他的修行之路註定比凡人更加艱辛，前面有重重艱巨困難等著他挑戰。

就在這一瞬間，顧君突然想起了虛木和濟生，心中思索著：他們現在過得怎樣呢？是否也像他一樣在突破自己的境界？正如小和尚所說，顧君要開始為有需要修行的人提供解答和幫助，因此他必須提升自己的修行，才能給予眾生支持和幫助。

第六十三章 ❈ 濟生來信

修行如日如月如年……

這一天，顧君收到了濟生和虛木寄來的信件，描述了龍山寺的最新狀況以及兩個姐姐的生活情況。

信中，濟生提到下個月將來港島，希望當面和顧君商討一些事情，但信中並未詳細說明內容。顧君暗自猜測這可能與修行有關。濟生也告知他將在某離島寺廟借宿。

濟生提及那寺廟的長老是虛木的好友，但他們明白顧君還很年輕，濟生請求他不用去寺廟找他，到時他會與顧君聯絡。然而，信中的最後一句提醒顧君外出時要小心，因為修行界最近有些動盪的跡象，但並未進一步說明。

第二天一早，顧君前往小寺廟修行。當他躬身三拜之際，看到一人倚靠在靈石上一動不動，這讓顧君感到驚訝，而那個人聽到動靜也同時睜開眼睛，看到了顧君。他們靜靜地對望了幾秒鐘，顧君只見到那人約三十多歲，穿著一件舊黃色襯衣，胸前似乎有血跡。

顧君疑惑地問道：「你是誰，在這裡做什麼？」

那個人沒有回答顧君的問題，他反而問道：「小朋友，你這麼早在這裡幹什麼？」

顧君回答道：「我在下面的中學唸書，我每天早上都會在這拜拜觀音，冀保佑我身體健康。我聽說這裡的觀音廟靈驗非凡。」顧君隨口回答。

那個人似乎並不懷疑，說：「原來是這樣，你快點走吧。這個小山頭，可能會出現壞人……咳咳……」

顧君看到那人臉色蒼白，關切地問道：「你怎麼了？看起來不太好，需要我幫你報警嗎？」

那人說：「不用，我只是需要稍作休息。不過，小朋友，你有水嗎？我口渴了。」

顧君從書包裡拿出一瓶自帶水，遞給那人。以顧君今天的修行境界，他能察覺出這人也有修行，築基三層，但顯然受了不輕的傷。那人接過水，喝了幾口後對顧君說：「謝謝你這瓶水……小朋友，你快點離開吧。這裡不安全……」

顧君注視著他，說道：「你是受傷了嗎？我可以幫你看看。」

那人驚訝地看著顧君說：「你怎麼知道我受傷了？」

顧君回答說：「你胸前有血跡，臉色蒼白，我猜你應該是受了傷。」

那人再次瞪大眼睛問道：「你……受傷？」

顧君解釋說：「我也能感受到你的修行境界，你是築基三層。我也能從你的氣息中感知到受傷的跡象。」

那人驚訝地望著顧君，帶著疑惑道：「我看不出你的修行境界。那麼你的修行境界肯定比我高，所以我看不出來。而且你能察覺到我的修行境界，真是令人意外，你年紀這麼小，修行境界竟然比我還高。」

顧君默默點頭，說道：「把手伸過來，我幫你檢查傷勢，看能否幫助你。」

顧君也坐下來，運轉小周天法門，導引真氣進入那人的體內，檢查他的奇經八脈。顧君告訴那人也要同時運轉真氣，以便觀察他奇經八脈的狀況。半個小時過去，那人的臉色稍有好轉，而顧君的臉色則蒼白起來。

為了幫助那人恢復，顧君耗損了不少真氣內力。他立即坐到靈石上，繼續運轉小周天，吸收靈石中的靈氣來恢復消耗的真氣內力。

約半小時後，他順利完成了三個小周天的運轉，漸漸恢復回狀態，張開眼睛看到那人還靜靜坐在一旁。那人對顧君充滿敬意，雙手合十致謝道：「感謝你，小朋友。」

原來這人叫李曉，是離島觀音堂弟子。這次出門執行任務出了意外。

顧君說：「不用客氣，同為佛門弟子，我們本應互相幫助，尤其是你為了眾生，為了消除壞人而行動。幫你恢復元氣是我應該做的。我現在要去上課了，你自己小心。」

李曉點頭表示明白：「謝謝你救了我，幫我療傷。如果有機會的話，來離島的觀音寺廟找我吧。如果你需要幫助，也可以告訴我。再見！」

第六十四章 ❈ 濟生到來

經過治療李曉一事，顧君發現這次的努力成為了對修行的一種鍛煉。他的經脈變得更加強韌，吸收靈氣的速度也更加迅捷，經脈的通暢度也逐漸增加。

在接下來的一個月裡，顧君持續不眠不休地修煉，不斷向築基三層的大圓滿邁進，靠近下一個突破階段。他深知自己需要一個機緣才能突破至築基四層。

幾天之後的某天清晨，他前往小山頭修煉，發現濟生已在小寺廟門口等待他。原來濟生昨天已經到達港島，並參拜了離島的觀音堂。李曉向濟生提及他與顧君相遇的事情，但當時李曉並不知道濟生與顧君的關係，濟生也沒有透露顧君的真實身份。

顧君見到濟生後，高興地呼喊著：「濟生！」

濟生恭敬地對顧君躬身道：「濟生參見太師祖！」

顧君立即扶起濟生，表示不需要這樣的禮節。

濟生說：「謝謝太師祖！」

顧君問道：「濟生，你的修行進展如何？」

濟生回答說：「近半年來，我一直在遵循太師祖的教導，努力修煉。感謝太師祖的關心。」

顧君稱讚道：「很好！我們來比試一下，我已接近築基三層的大圓滿境界。看看我們之間的差距在哪裡！」

濟生說：「弟子不敢。」

顧君說：「沒關係，這是我的要求。我也需要一個對手來磨煉自己，以求突破。我已經達到菩薩道五階，所以我的法修也必須跟上。」

濟生點頭說：「好的！太師祖！那我們就以少林羅漢拳來對練吧！」

兩人紮馬，開始對練。儘管使用相同的招式，顧君發現濟生的力量似乎比自己弱上不少。雖然彼此的力量有差距，但這場比試難以分出勝負。由於顧君體型較小且靈活，他們互相練習了近半小時。

突然間，一聲巨響，顧君的手掌劈向濟生，兩人的手掌相碰，展開了以真氣對抗的比試。濟生催動內力，波浪般的力量湧向顧君。顧君採取守勢，運轉著小周天，但並未反擊。附近的樹葉被兩人的切磋擾得沙沙作響，天色突然昏暗下來，為比試增添了緊張的氛圍。

顧君說道：「濟生，用你最強的真氣內力攻擊我！」

濟生並沒能像顧君那樣能在運轉小周天時說話，他只是專心地向顧君展開攻勢！顧君雙掌對抗濟生的雙掌，感覺吃力，但他知道這是他所需要的磨煉。大約一分鐘後，顧君稍稍後退了一步，說道：「謝謝濟生，我明白了！」

濟生雙手合十地說：「太師祖，您太厲害了。我根本不是您的對手。」

顧君說：「你稍等一下……」

顧君意識到自己即將突破，剛才的比試讓他找到了突破的感覺，他立即坐到靈石上，靈氣瘋狂湧入他的身體，使他的經脈越來越翻騰，回流到丹田之中。

空氣彷彿靜止，天色恢復明亮。顧君終於踏入築基四層，濟生靜靜站在一旁，守護顧君，防止他受到外界干擾。約十幾分鐘後，顧君逐漸將精氣內力回流至丹田，其氣息變得極為強大。他試著展示精氣外放的輕功。他發現這一次跳躍，高度達到了接近二十米，比之前提高了五米！

濟生驚訝不已，因為他是在築基四層，跳躍僅達十米。顧君的高度比他多出一倍，他明白自己與顧君有著巨大差距，但他並不嫉妒，只是歎息道：「我佛慈悲，太師祖實在太不可思議了！」

顧君對他說：「濟生，我現在時間有些緊迫，要去上課了。你有什麼急事嗎？」

濟生說：「弟子有一些重要事情要向太師祖彙報，或許明天早上再來此地尋找您，可好？」

顧君說：「好，若無急事，你明早在這裡等我吧。我們可以好好聊一聊過去發生的事情。」

顧君說：「我先去上課了。」

濟生雙手合十地說：「太師祖，請您慢走。」

第六十五章 ❀ 真經二章

當天晚上，顧君回家休息時，識海中的小和尚又來找他了。在那個朦朦朧朧、既真實又虛幻的夢境中，小和尚默默地告訴他：「小君，你已經達到了菩薩道五階。相較於其他修行者，你進展得非常快，這是因為你只需要重新體會前世所學，你的基礎非常堅實穩固，所以對佛法的領悟會比其他人更深刻。但是，你絕不能自滿啊！一定要保持謙卑的心態，深入領略佛法的真諦！」

顧君說：「是的！而且我覺得現在的世界和以前不太一樣，現今的世界充滿了污染，讓我很難吸納靈氣。幸好我能找到後山的小寺廟，否則我的進展根本無法前進！」

小和尚又對顧君說：「今天你可以嘗試用神識啟讀《蓮華妙法真經》的第二章了，你目前的菩薩道五階應足以打開這一章節。」

顧君聽後，集中心神，運用無形之手，翻閱第二章，題為《世界之音》。識海中突然閃現出一絲華光，同時感受到佛法的溫暖。

小和尚又問顧君：「小君啊，你知道『世界之音』是什麼嗎？」

顧君說：「聽起來很熟悉，但我好像已經忘記，你能給我解釋一下嗎？」

小和尚說：「《蓮華妙法真經》的第二章『世界之音』是個深奧的佛法，我跟你講講吧。

「我佛的『世界之音』可以理解為對佛陀教誨和智慧的傳承。我佛的教誨不僅是一些教義和道德上的準則，它更是一種智慧的傳承。我們身為佛教徒，必須完全相信佛陀，通過自身的覺悟和修行，獲得無上的智慧和慈悲之心，我佛因此便可幫助眾生擺脫煩惱和苦難，追求真正的幸福。

「在佛教中，佛陀的教法被看作為三寶之一，佛陀的智慧和慈悲之心更是我佛的重點核心。此外，我佛的『世界之音』也可以被理解為眾生菩薩，彰顯佛陀內在之聲響與精神。每位眾生均有其內在之聲響與層面，通過佛法的洗禮幫助我們尋得生命之方向與意義。

「在佛教中，這種內在的聲音和層面可以被理解為內觀和禪修的核心，因此我們經常要自我內觀，還通過禪修來觀察自己的身心靈體，瞭解自我內在世界的方式，從而修行禪修。

「內觀是我佛一個重要的手段，深入探索我們的內心。它通常被描述為一種冥想或修行，以達到心靈上的平靜。

「我佛教義認為，在內心深處常常被貪欲、瞋恚、嫉妒、無明等負面情緒所困擾，我們便會逐漸遠離內心的平靜。如果我們持續被負面情緒吞噬，那麼我們會逐漸失去人生的方向，不能透過正念去面對人生的難關，只會被負能量控制自己。內觀可以令我們瞭解自己的身心靈的狀態，觀察內心的一切現象，進而摒除負面情緒，達到心靈上的真正解脫。

「禪修是最好的辦法，可以達致心靈上的解脫。它是佛教中的一種修行方法，主要是透過冥想、觀照、靜坐等方式，讓人們探索自己的內心世界，從而達到心靈上的平靜。

「禪修的核心思想是觀照自心，透過專注和靜心的方式，觀察自己的內在狀態，進而認識自己的心理和身體狀態，以達到深層次的放鬆和平靜。透過觀照自心，禪修可以幫助人們清除雜念，解除情緒困擾，提高對自己、他人和世界的覺知，從而實現精神上的解放和成長。

「禪修這一種修行方式，非單純的冥想或放鬆技巧。禪修的目的是透過自我覺知和修行，將人們從追求快樂的慾望和情感控制中解脫出來，實現超越物質和自我的境界。

「禪修的實踐方式通常是靜坐冥想，遵從簡單的呼吸法或身心觀照法，並持續專注於當下的感覺和經驗。透過這種方式，禪修者可以消除干擾，提高對自己內心世界的洞察力。」

「另外，我佛的『世界之音』還包括了對佛教經典和教義的教誨，裡面包括了我佛的教誨和智慧，幫助我們瞭解生命的本質和意義，包括了因果、報應、輪迴、空無、常無、法相等等。這些觀點讓我們認識到了自我的不足，眾生的苦難以及許多意想不到的不確定性，尋找方法去超越苦難。

「我佛指出，『世界之音』也被視為世界宇宙的聲音與運動。宇宙是一個無始無終的循環，包括了無數的生命和事物。在宇宙中，一切的生命和事物都是互相關聯，它們之間的關聯構成了一個巨大的網絡。這個宇宙存在著基本能量和振動，我們也稱之為『法界之音』或者『大悲咒』，它包含了整個宇宙的所有運動和變化。我們通過冥想來觀察這種世界之音，來理解宇宙的本質和意義，達到內心的平和狀態。

「另外，正如之前提到的救苦救難觀世音菩薩，祂也是通過觀察一切世界之音，理解眾生的內心苦難，並通過佛義來拯救眾生，這些都屬於『世界之音』的理念。」

小和尚不斷地向顧君解釋世界之音的意義。

如此，顧君又開始更進一步的領悟，希望能夠更深入透徹理解我佛真義。顧君清晨六時便醒來了，立即前往小寺廟繼續修煉領悟，跟濟生瞭解龍山寺的近況及修行界的風波。

現在顧君對佛修有更為透徹的理解，理解到眾生之苦，也理解到他身為佛教徒的責任，是通過修行去普渡眾生。

第六十六章 ❖ 濟生信息

天剛亮之際，顧君在後山的小寺廟與濟生會面。濟生見到顧君，恭敬地鞠躬行禮，謙稱道：「太師祖，早上好。」

顧君回應道：「好，濟生。我們到那邊石頭坐下吧。」

顧君帶著濟生在寺廟前三拜，後一同坐在靈石上。濟生對太師祖深感敬畏，他短暫停留港島這兩天，已找到一處適合靜修的寺廟。

當兩人盤腿坐下時，顧君對濟生說：「告訴我，最近半年你們那邊的情況吧。」

濟生謙卑地彎腰回答：「是的，太師祖。這半年虛木師叔和我都很好，我們兩個都在龍山寺內修行。師叔一直在沉澱突破，鞏固自己的境界。雖然還沒有再次突破，但他已接近築基六層的大圓滿，對於菩薩道的領悟也日益穩固。他讓我向您致以歉意，因為無法親自前來見您。

另外，您的兩位姐姐生活安好，我們暗中保護她們的安全。只有在她們需要幫助時，我們才會悄悄出手。請放心，您不用擔心她們的安危。」

顧君合掌感謝地說：「辛苦你們了。」

濟生回答：「太師祖，這是我們應盡的責任，您無需客氣。」

顧君繼續問道：「你在信中提到有些事情要跟我商量，是什麼事情？」

濟生說：「最近整個修行界出現了一些立心不良的修行者，竟然暗中幫黑社會進行為非作歹的事情。您之前機緣巧合地救下的李曉，他其實是離島觀音堂的佛家弟子，代表觀音堂去對付一些邪惡修行者。然而，對方人多勢眾，導致他孤掌難鳴，不幸重傷。」

「太師祖，近來港島時有社會動亂，邪惡修行者的勢力不斷擴張。因我華國與英國達成協議，港島將會於數年後歸還祖國的懷抱，不幸引起不必要的人心惶惶，一些幫派分子趁機趁火打劫。

「其實，佛門修行子弟是不應干涉世俗幫派的鬥爭，但此次竟有幫派暗中邀請修行界人士添煩作亂。故華國高層及先前提及之退休將軍與虛木師叔聯繫，希望本派派人前去協助，盡力壓制邪惡修行者勢力，以免波及無辜，並污染世俗風氣。」

顧君語重心長地說：「我佛慈悲，一切眾生皆在苦難之中，若我能助一臂之力，自當自告奮勇、不辭辛勞協助需要的人！」

濟生彎了彎腰說：「我佛慈悲，這是眾生之福啊。」

顧君微笑著點了點頭。濟生接著說：「其實出乎我們意料，這次黑幫竟然動用了起碼兩位修行者，而且一位是築基二層，一位是築基三層，我自己一人應付他們應該沒有問題。太師祖，您現在已是築基四層，但是您跟我們的境界似乎有點不一樣。」

顧君心中思量，自己實力足以對抗一般築基六層修行者，故能輕易地應付築基五層以下之修行者。

顧君對濟生道：「築基四層以下的……你那邊觀音堂的人應該足以應付對方吧？告訴我觀音堂現有哪些修行者，讓我心中有所準備。」

濟生答道：「是，太師祖。我們觀音堂中弟子分為兩類，一類為佛修者，不進行法修，只修佛，唯以佛經領悟佛理，不修真氣內力；另一類為佛法並修者，根基較佳，對法修也有悟性。」

顧君明白，像他的父母一樣，小和尚也跟他說過他們不適合法修。

顧君的身體稍為前傾，並追問：「那法修那邊有哪些人呢？實力怎麼樣？」

濟生接著說：「有法修者，觀音堂住持及以下的三位長老，還有大約十位弟子，住持修為大概是築基六層，跟虛木師叔的境界一樣。另外三位長老，兩位在築基五層，一位在四層，跟我差不多；另外幾位佛家弟子是在一、二、三層左右，像李曉他算是裡面修為比較高的弟子，他是築基三層，實力還不錯。」

「那我明白了。如果你不方便出手的時候……對方又是在築基六層或以下的，我會與你們一起面對他們。非必要，你們可以自行解決。」

濟生彎了彎腰說：「是，太師祖，這也是虛木師叔跟我說的。如非必要，我們切勿為太師祖增添麻煩。」

顧君說：「行，我知道了，今天趁你在這裡，快用靈石去修煉吧。這對你下一次突破應該有無限好處。」

濟生答道：「是，太師祖！」接著，濟生就在靈石上開始修煉，瘋狂地吸收靈氣，並轉換成真氣內力，顧君就旁加緊練習少林羅漢拳，因為他清楚知道將有機會接觸到的修行者可能實力強大，他必須要更加勤勞練習。

半個時辰過後，顧君告知濟生：「我要回校上課，你繼續在這裡進行修煉吧！你這幾天都會在這附近嗎？」

「是的，太師祖，我都會在這裡附近，我在你們學校的山下租了一個小房間，我都在你附近，監視著港島的一些狀況……」濟生把他的小賓館地址告訴了顧君。

顧君跟他說：「我知道了，以後每天早上你就在這邊，我們一起修煉吧。我也可以跟你探討一下各種情況，如果需要我出手的時候，我們也可以及時聯絡。」

濟生雙手合十，說：「是，太師祖，您慢走。」他目送顧君離開小寺廟。

第六十七章 ❁ 千變萬化

顧君依舊過著平凡的生活，每天按部就班地上學、修行。近來，每晚小和尚都出現在顧君的睡梦中，詳細向他闡釋佛法的真義。

這夜，顧君再次進入一片玄妙而模糊的夢境，小和尚又現身其中。小和尚對顧君說道：「這些年來，你一直在修行並領悟佛法的真諦，你的基本功夫雖足以助你修至築基九層。然而，單純掌握一種拳法尚嫌不足，你還需要學習法術。今天，我與你討論法術修行。」

顧君滿心歡喜地說道：「是啊，現在我尚未涉獵法術，希望你能教我一些！」

小和尚說：「你還記得我們討論過觀世音菩薩嗎？我們曾經說過，觀世音菩薩是用不同的面貌去普渡眾生。其實這就是『千變萬化』的法術。」

顧君接著說：「好啊！我虛心聆聽！」

小和尚接著說：「首先，我們要理解『千變萬化』在佛教中的概念。佛陀指出一切事物都是無常的，一切事物都是由生、老、病、死等十二種因緣所構成。這些變化和相互作用使得這世上一切的事物每刻都在產生變化。」

「我們若只追求事物的永恆，就會入墮苦海之中。只有從無常、無我、無相的角度來看待萬物，才能擺脫煩惱，並達到解脫的境界。『千變萬化』意味著萬物是因緣而生，因緣而滅，世界萬物都是從無常中變化而來，最終都會歸於無常。如果我們能夠明白世間萬物的無常，從無常中體悟生命的真諦，那麼我們就能超越生死輪迴，早日實現解脫。

「這是『千變萬化』的最終目標。然而，從這個真理我們可以延伸到法術的應用，進而達成自身的目標。若能領悟『千變萬化』的初階，就能夠隨意改變身體的情況，包括形態、樣貌、氣質等等外在的因素，這就是『千變萬化』的真正威力。」

隨後，小和尚向顧君解釋「千變萬化」的法術，其中蘊含著法術的咒語、手印等，並毫不保留地向顧君展示。顧君目睹小和尚不斷變換口中的咒語，念誦著，其形態頓時化作一位高大的男子，隨即又化作一位女子，更能幻化成千手之身，甚至變作一位乞丐伏於路旁，伏在路邊無人問。

他深悟此乃「千變萬化」之初階法術，小和尚接著說道：「若你能領悟『千變萬化』之初階，即能隨意改變自身情況，包括容貌、身高，甚至性別，應對未來混亂的世界，極其重要。」

顧君心生感慨：「是啊，假若濟生需要我出手，我可運用此法術去壓制那些心懷不良之修行者。倘若我能運用『千變萬化』，便得以隱匿真實身份，保護己身及家人，免受傷害。」

於是，顧君在小和尚指導下，開始深入領悟「千變萬化」。

第二天一早，顧君到了馬寶山的小寺廟，遠遠看到濟生，他嘗試使用「千變萬化」

將自己變成一個年約十八歲、身高一米七的光頭和尚。他到小寺廟前跪了下來。

濟生看到他感到很奇怪，哪裡來的一個小和尚，問道：「請問小師父，你怎麼會來這裡？你從哪裡來的？」

顧君對著濟生點了點頭說：「嗯，你不認得我嗎？」

濟生說：「咱們見過嗎？我似乎不認識你。」

顧君說：「你真的看不出我是誰嗎？」

顧君心想：「千變萬化」是一個多麼厲害的法術啊！佛陀創造了千變萬化的技巧，真是一門高深的學問啊！

顧君解除變化的手印，瞬間恢復了本來的樣貌。

濟生非常驚訝地說：「原來是太師祖，您怎麼能夠隨意改變您的形態呢？」

顧君說：「我正在修煉一門『千變萬化』的法術，等你突破到菩薩道五階的時候，而且築基能夠突破五層的話，或許我就可以傳授你這個『千變萬化』，讓你隨意改變氣質和樣貌。這對於行走於亂世有莫大的好處。」

濟生說：「太師祖，這個法門太高深了，謝謝太師祖。」

接著，他們繼續修煉，突然濟生說：「我好像發現了那兩位不良修行者的行蹤。我去看看。」

顧君說：「你要小心，若有什麼事情發生，要及時通知我。」

濟生說：「謝謝太師祖，我會注意自己的安全。」

第六十八章 ❀ 濟生受傷

經過大約一週的時間，顧君一早來到馬寶山的小寺廟繼續修煉。當他抵達寺廟時，驚覺濟生躺在靈石旁，臉色蒼白，似乎毫無知覺。

顧君大為震驚，急忙趨前，親手觸碰濟生脈搏，立即運轉小周天法門，釋放珍貴的真氣內力，探查著濟生的奇經八脈。然而，他發現濟生的奇經八脈一片混亂，丹田亦有裂痕，明顯遭受重傷。顧君立馬扶起濟生，雙手貼在他的掌心上。

他慢慢地運行小周天內的真氣內力，傳遞到濟生的身體裡面，幫他運行奇經八脈，修復丹田。顧君的面色越來越蒼白，即使他的奇經八脈非常寬闊，真氣內力非常雄厚，也感到濟生受了重傷，幾乎奄奄一息。

顧君用自己的掌心輸出真氣內力，越來越感到吃力，於是他稍移到另一個位置，背靠著靈石。背後的靈石不斷地輸出靈氣通過顧君的經脈，並化為真氣內力，持續地幫助濟生療傷。然而，濟生仍然沒有任何知覺，使顧君憂心不已。

經過約一個多小時的努力，濟生終於慢慢甦醒，艱難地睜開雙眼，深呼一口氣。

顧君告誡濟生道：「閉著眼睛！我正在運行奇經八脈裡面的小周天，幫你療傷。你現在仍然非常虛弱。」

如是又過了半個小時，濟生的奇經八脈終於修復，丹田的裂痕也被修補，而顧君則是疲累不堪。他面色蒼白，冷汗湧現，顧君飛快地運行了一次小周天，讓自己的體力稍微恢復。

顧君對濟生問道：「發生什麼事了？」

濟生原欲站起，卻被顧君輕按肩膀，讓他繼續坐下來休息。

濟生說：「昨晚我與李曉遇到那兩位邪惡修行者，其中一位掩飾修為，我無法感受對方的實力。雖然我只有四層，李曉三層，而對方一位則是二層和五層，但……太師祖，您也知道，五層與四層有著重大差距……是由初階進入高階的修行。我獨自對付那位五層修行者，結果被他打傷了，幸好我事先得您指點提升了輕功，才得以逃脫。沒想到他們竟能派出築基五層的高階修行者。太師祖……也許這件事需要您出手！」

顧君說：「好，你要好好休養，待傷勢痊癒後，再留意那兩人的行蹤，我們再商量對付他們的方法。明白嗎？別著急！」

「是，謝謝太師祖。」

顧君於中午給濟生送了水和乾糧，看見濟生的臉色比早前稍為紅潤稍為放心，但還必須繼續療傷。

顧君再次跟濟生吩咐：「你先把傷養好，再去留意那兩個人的行蹤，不用急！」

濟生說：「是，太師祖。我發現寺廟裡有一個暗格，裡面有一張小牀，我們可以在裡面休息。太師祖也可以在裡面休息。」

顧君說：「不需要，我需要小寺廟旁的靈石就行了。你去休息吧。你一定要把傷養好了，明天早上我再來看你。」

「是，謝謝太師祖。」

顧君接著回校繼續上課。在歸途中，顧君心中思緒萬千：究竟發生了什麼事？為何這世上有如此多邪惡修行者？這些築基五層的修行者背後必定潛藏著不可忽視的惡勢力。所有疑問令他開始考慮是否需要前往離島觀音堂與住持和長老們商議此事。

第六十九章 ❖ 離島觀音堂（一）

在馬寶山的小寺廟中，濟生繼續修煉和養傷。

每天早上，顧君都會來到這個小寺廟繼續修煉，並照顧濟生的傷勢。濟生的傷勢已經痊癒，得益於顧君運用真氣內力幫助康復，濟生感覺突破的機會已經出現，正朝著築基四層的大圓滿邁進。

這一切都是禍中之福，因為突破總是與機遇相關。濟生也明白這個道理，當然顧君更早已領悟。顧君來到小寺廟，他分出一絲真氣內力去檢測濟生的奇經八脈。片刻之後，他對濟生說：「你的內傷都全好了，經脈比受傷之前更加堅韌，突破的機會更是增加，預料很快能突破到築基五層。」

濟生雙手合十跟顧君說：「太師祖，這一切都是因為有您的存在啊！否則我可能難逃一死。」他低聲表達著感激之情。

顧君說：「濟生，我們之間不必客氣。外面的情況如何？李曉有來找你嗎？有沒有告訴你現在的情況？」

濟生回答道：「李曉確實來找過我，告訴了我一些情況。他說已發現那兩個邪惡的修行者，現在正努力調查他們背後的勢力。」
顧君接著說：「嗯，明白。離島觀音堂打算如何應對？」
濟生說：「這一次他們可能會讓派遣一位長老，再加上李曉，我和兩個築基二層的弟子，總共五個人出手，希望可以完全剷除這兩個邪惡修行者。」
顧君接著說：「嗯，明白，你覺得我需要去離島觀音堂嗎？」
濟生接著說：「這個等太師祖您來決定。」
顧君接著說：「那好吧，我順道認識一下這邊的修行界和正派人士。這樣吧，明天是週六，我們大概早上九點從這裡出發，前往離島一趟。你待會回去告訴他們，明天我們會來拜訪，讓他們做好準備。至於身份……無需告知，就稱呼我為虛木的弟子即可，不要引起太多注意。我也希望身份保密。」
濟生說：「是啊，太師祖這樣安排最好，只是要委屈了您的身份，因為他們都是您的晚輩。」
顧君語氣堅定地說：「無須計較，我們修行者不應該以輩分來論斷在佛法和實力上的地位。以修行者的實力、佛法領悟和境界高低來評斷，這才是佛法的正義。修行無先後，達者為先。」
濟生恭敬地合十，誠摯地道謝：「謝謝太師祖的教誨。」

顧君繼續說：「那今天就這樣吧。我還要繼續修行。我這個『千變萬化』的法術，你也別外洩，明天見到我時，我會使用這個法術變成另外一個模樣，我現在的年紀太小了，以免引起無謂的猜測。這個法術的創始人是觀世音菩薩，為了方便我們執行法務而使用『千變萬化』幻化成不同的形態以普渡眾生。」

濟生虔誠地合掌，向小寺廟跪拜三次：「我佛慈悲，救苦救難觀世音菩薩，禰真是大菩薩。」之後，濟生開始繼續修煉法門拳術。

顧君必須磨煉自己的能力，只有通過刻苦修行，他才能進一步突破，達到築基五層的境界。而且未來幾天註定會有一場大戰，他必須加緊修行。

同時，顧君也吸取著靈石上的靈氣，轉化成真氣內力，並不斷領悟「千變萬化」，以便更熟練地變化形態，不論是物體還是人物，甚至是動物。

過了一會，顧君對濟生說：「濟生，你知道我家的地址嗎？明天早上九點就在我家樓下等我吧。不需要上去，我們直接坐船前往離島拜訪他們。你明天一早來接我。」

「是的，太師祖，我明天早上會在您家樓下等您。我待會就去安排。」

第七十章 ❀ 離島觀音堂（二）

當天夕暮，顧君回到家裡跟父母說，有一班同學計劃到離島遊玩，他聽說那裡有一座觀音堂，所以他也報名參加了這次行程。

父母聽後都非常開心地說道：「去吧，和同學一起出去玩很好啊。你剛考完試，放鬆一下也是很好的。你有足夠的錢嗎？」

父親當場取出一百塊錢給顧君，說道：「帶著這錢，外出時不要太拮据，該吃的吃，該喝的喝，如果同學有困難，也可以請他們吃飯，如果老師口渴了，記得買飲料給老師喝，明白嗎？」父親是一個在社會上打滾的人，對這些事情非常在意，而且他總是關心身邊的人。

顧君深知父親是一個善緣廣結的人，這也是佛法中的一種體現，這也解釋了為什麼當年盧木願意將少林羅漢拳傳授給父親。

這時，母親也說：「小君啊，去觀音堂時要誠心向觀世音菩薩跪拜，代我們全家祈福，知道嗎？」

他回答母親道：「知道了，我會的。」對於顧君來說，母親是一個非常和善的人，但她對佛法的認識只限於燒香拜佛，還未深入領悟佛法的真諦。

顧君心中思量著：我一定要找機會和父母談談佛法的道理，或許這次前往離島觀音堂就是一個契機，透過這樣的方式，讓父母有機會瞭解這座觀音堂。

顧君接過父親給的一百塊錢，說：「謝謝爸爸。對不起，又讓您花錢了。」

父親微笑著說：「傻孩子，這有什麼關係呢？提供給你們舒適的環境本來就是我們作父母的責任。」

就在這時，小妹問道：「哥哥，哥哥能帶我去嗎？能帶我去嗎？我也想去。」

顧君微笑回答說：「小妹，等到你長大了，哥哥再帶你去，這次哥哥先和同學們去，好不好？」

小妹撅著嘴說：「好吧，你明天給我帶好吃的，否則我要吃冰淇淋。好不好？」

顧君答道：「好，沒問題，小妹想要什麼都可以，但是你要努力讀書，知道嗎？」

小妹點點頭說：「知道啦，現在不是正在溫習嗎？」

如是，這天晚上，小和尚又來找顧君。

那是一個玄之又玄、朦朦朧朧的夢境裡，小和尚跟顧君說：「明天一早要去離島觀音堂，觀音堂的住持，還有他們三個長老。你不要跟他們說你真正的身份，你自己編造個身份吧！」

顧君說：「我知道了，我已經跟濟生表明說我是虛木的門徒，名叫濟世。」

「另外，你已經領悟了基本的『千變萬化』，所以你可以用另外一個形象去處理這次的問題。」

顧君說：「我也是這麼想，我會變成一個看起來約二十歲的俗家弟子，但我不會輕易展示真實修行，以免引起不必要的麻煩！」

第二天晨曦破曉之時，顧君與濟生會合，兩個人便坐巴士前往離島的碼頭，並且乘坐渡輪前往離島。大概在早上十點，他們終於到了離島，濟生跟顧君說：「那個觀音堂是矗立於半山上，我們一起走吧。」

顧君說：「好，沒問題。」當他們到達門口的時候，顧君看到有一位年約五十歲左右的老和尚，旁邊還站著李曉。濟生立即向前幾步說：「虛勝長老早安，很高興與你們相遇。」

之後他在顧君的耳邊輕聲說：「這位是觀音堂三長老，名叫虛勝，旁邊是你早前救過的李曉。他們是來迎接我們的。」

「哦，明白，那就照昨天說的吧，我是虛木的弟子叫濟世，我會在他們面前叫你師兄，明白嗎？」

「是的，太師祖。」

那位老和尚聲如洪鐘地說：「阿彌陀佛，我佛慈悲，歡迎濟生師父。住持跟其他兩位長老已經在後院等著你們。咱們進去吧。」

濟生說：「謝謝你們，這位是……濟世，他是虛木長老的關門弟子，也是我的師弟。他一家最近移民到港島，所以他也想來拜訪這裡，履行師父虛木的要求，為港島的修行界盡一分力。」

虛勝長老帶領顧君和濟生進入寺廟。這座寺廟地理位置偏僻，四周環繞著千年古樹。顧君感到腳步聲、鳥鳴聲和流水聲交織在一起，讓人感到輕鬆舒適，瞬間忘卻了塵世間的煩惱。

他們終於到了後院，並見到三位老和尚盤腿坐在小院的中庭上。聽到走來的腳步聲，他們睜開眼睛，站起身來，向濟生和顧君說：「阿彌陀佛，濟生好，施主好。」

濟生立即走上前去，恭敬地鞠躬致敬，顧君也跟著行禮道：「拜見住持、大長老和二長老。」

「我叫虛竹，是觀音堂的住持，這是虛生和虛嗔兩位長老。濟生師父，這位弟子我們已經聽說，是虛木長老的弟子，也是你的師弟，我們歡迎他的到來。」

濟生和顧君一起跪下來，恭敬地向三位長老請安。

第七十一章

伸張正義

在小院子中，大家坐下來一起品茶並商討事宜。雖然顧君暗裡輩分上是最高，但出於安全考慮，寺廟的長老們並不知道他的真實身份，只視他為一位法力高強的後輩弟子。

他坐在濟生旁，觀察到大長老虛生非常和藹慈祥，修行頗高，年齡大約七十多歲左右。住持虛竹容貌文雅，而體態稍瘦，年事亦稍老，大抵一百一十歲左右；二長老虛嗔體態矮小，眼神靈活，年紀較輕，大概六十歲左右；三長老虛勝，約在築基五層，體態威猛高大，而且較為勇猛彪悍，年齡與虛生相近。

當大家互相介紹完畢，虛勝對顧君甚為友好，當然顧君也知道這是因為虛木的關係，虛木跟虛勝來自同一個宗門。在虛勝的眼裡，虛木是他的大師兄，他們曾經共同經歷過許多艱難，因此交情異常深厚。當然他們的內心都非常好奇，為何虛木長老會突然間收了一個如此年輕的關門弟子呢？

濟生告訴他們：「顧君已經達到築基二層。」

他們對於顧君的領悟和天分感到驚訝和敬佩。對他們來說，要達到這個境界通常需要數十年的苦修，然而這位年輕人如此年紀輕輕就能達到築基二層。當然，他們並不知道顧君的真正實力，否則更加吃驚。

濟生一邊品茗，一邊進入正題：「我們應該討論如何凝聚眾人的力量，對抗目前的邪惡修行者」。

虛竹說：「好，虛勝，你向大家介紹我們目前的情況。」

虛勝接著說：「是的，住持。眾生界的黑幫與修行界原本互不干涉，但最近，最近港島警員總局的警員長來到我們這裡，因為他們遭受了幾次邪惡修行者的襲擊。

這些襲擊者不是普通黑幫成員，而是一些具有特殊能力的人，我們派遣李曉前去收集情報，結果李曉受傷，幸好遇到了有緣之人及時療傷。後來濟生又前來幫忙，濟生是當今修行界的高手。他和李曉試圖對抗這些人，結果也受了傷。現在我們發現一些修行界的不良修行者出現在世俗間，其中一人已達到築基五層，另一人則是築基二層。他們是濟生受傷的元兇。

昨天，警總局派人告知我們，他們已獲得可靠情報，黑幫近期將有行動，估計那兩個修行者也會現身。據情報顯示，他們計劃前往某銀行實施劫案。由於該銀行的保險庫有嚴格的防護措施，所以他們要派遣修行者去破壞安全措施，利用他們的特殊能力迷惑員工並打開保險庫。

我們發現越來越多的修行者投身黑幫，幫助他們從事非法活動，以擴張黑幫的實力。而這些修行者則可以從黑幫那裡獲得更多的上等玉石，吸取靈氣並轉化為修行之力。」

濟生問道：「我們該如何協調與警總局的行動呢？」

虛竹繼續說：「警總局將安排一名內應當線人，並派遣警員在目標銀行附近埋伏。我們只需要在附近的交通要點上設置結界，阻止對方的修行者接近銀行。」

濟生接著問：「明白了，那我們這次打算如何安排，應該要多出動幾個修行者，以免我方再次受到傷害，細節該如何安排呢？」

虛竹回答道：「這次，我們打算由虛勝和濟生帶領，加上李曉和另外兩個弟子一同阻止修行者的參與，並在旁協助警方逮捕這些修行者。

到時候，我們的觀音堂將對修行者進行審問，以確保眾生界的安全。大家對此有何看法？」

濟生立刻回應道：「我們將竭盡所能，拯救眾生。這次行動不僅是為了保護銀行的安全，更是為了阻止邪惡修行者的猖獗，守護眾生界的和平。」

虛竹住持鄭重地說道：「佛法慈悲無邊，我們自當維護眾生。」

隨後，大家再次商討了下午兩點的行動部署。他們確定在龍島的銀行周邊展開精密的阻擊計劃。虛竹安排濟生和虛勝率領修行者小隊，在關鍵的交通要點上設置結界，阻止任何修行者接近銀行。同時，李曉則隨警方的內應密切配合，提供情報並保持聯絡。

第七十二章 ❖ 激戰

在虛竹的安排下，六人分為三個小隊：虛勝跟李曉為第一隊，濟生和顧君為第二隊，另外的兩個俗家弟子，一個是築基三層，另一個是築基二層，是為第三隊，總共三個隊伍。

他們在銀行的外圍進行埋伏，虛竹拿出三個信符，給予虛勝、濟生，還有一個名叫範勇的修行者，只要他們一發現邪惡的修行者，他們便可以按破靈符，令其他隊員馬上收到資訊，可以立刻提供支援。

顧君目睹濟生手中的靈符，悉為奇物。他心想：如有機會，定要問問小和尚，這個信符是如何製作，竟如此神奇。希望可以給父母作防身之用。

於是，大家在下午兩點時，已經到達埋伏的位置，顧君也高度戒備附近的情況，同時發現了一些氣息強壯的非修行者在附近埋伏，估計那些是警員部隊挑選出來的精英成員。

突然，顧君拉了一下濟生的手說：「他們來了，而且朝著我們這邊來了兩個，估計一個是築基二層，一個是築基五層，你不用按破那個靈符，我拖著那個五層的，等你解決了那個二層後，我們一起攻擊那個五層，一定不能讓五層的修行者逃走，否則會後患無窮，明白嗎？」

濟生點了點頭說：「知道。」

不一會兒，一輛麵包車停在了銀行的門口，幾個帶著鴨舌帽、口罩的人手持手槍地衝進了銀行。

顧君知道他不需要去理會那些劫匪，因為那邊有警方處理。

與此同時，那兩位修行者已經越來越靠近顧君附近的路口，當他們要通過這個路口、距離銀行門口還有二十米時，顧君向眾人大喊：「攔住他們！」同時顧君毫不猶豫地跑上前，他身上散發出一股凜然的氣息。他凝神注視著那兩名修行者，感受到他們身上的邪惡氣息，決心要將他們制止。

顧君對濟生說：「你立即迅速解決那築基二層的人！」自己則立刻朝著築基五層的修行者奔去，一手攔住對方，並施展出最強的真氣輕功技巧，頓時躍至二十米高處，從空中使出羅漢拳其中一招「從天而降」，猛力打向對方，劈然落下。

然而，修行者反應極快，以黑手掌迎上，將顧君擋開。面對顧君從天而降的威力，對方顯然難以完全抵擋，顧君說道：「你不應涉足世俗眾生的事務，犯了規矩，現在你乖乖束手就擒吧！」

那修行者微笑著看著顧君，說道：「一個二十歲出頭的年輕人，竟想阻攔我的去路？」

他看到顧君身旁的濟生，濟生大聲喊道：「他就是上次打傷我的人，您小心點，他的空心掌非常厲害！」

那個人說：「你竟然沒死，命還挺硬，而且這麼快就恢復了，看來你們那邊應該有良丹妙藥，或者是有非常上等的靈石讓你恢復啊！看來我得走一趟離島觀音堂，把靈石全奪過來！」

濟生根本就不理他，他只要就根據顧君的吩咐，把那個築基二層儘快拿下來。

顧君說：「濟生，我給你一分鐘去解決他。」顧君再度朝著築基五層的修行者展開了他三年來磨煉的少林羅漢拳。實際上，這是顧君第一次真正面對修行高手，因此他十分小心翼翼，他充滿信心能擊敗眼前的對手。

那修行者連續受制於顧君穩定而強力的攻勢，與銀行的距離越拉越遠。

另一邊廂，濟生已接近築基四層大圓滿，而對手只是築基二層，兩人實力差距極大。轉瞬之間，濟生輕易擊敗了對手，使其失去意識。隨後，他迅速來到顧君身旁，顧君對他說：「濟生！攔住他的退路，別讓他逃走。」

顧君的真氣內力運轉越發順暢，體內真氣滔滔湧動，流經奇經八脈，驅使所有招式。那修行者臉色漸漸蒼白，額上冒汗，他發現顧君的實力超越自己，兩者之間有著相當大的差距。

他厲聲道：「你竟然欺騙了我！原來你已築基四層……但你的築基四層實力為何如此強大。」

顧君說道：「與你解釋也無益，投降吧！」他希望趁此機會鍛煉自己的突破築基五層修為。於是兩人又交戰了五分鐘。

終於，顧君找到一個對方的破碇，一拳打中了對方的左肩，那修行者的左肩「咔嚓！」一聲斷裂，顧君繼續展現他極致的身法，閃到對方身後，在他的後頸處劈出一掌，那修行者終於昏倒在地。

此時槍戰也已結束，警員高聲呼喊：「立即投降！雙手舉高！」警方成功逮捕了那三名計劃搶劫銀行的人，並未造成任何傷亡。

顧君和濟生將這兩名修行者交給警員登記，以便觀音堂將來對其進行審問，以釐清這兩位邪惡修行者的罪行。

經歷這場戰鬥，顧君深知自己離築基五層越來越近。一旦突破五層，他會更接近菩薩道的九階。

顧君對濟生說道：「接下來就交給你了，我先回家，不然我家裡人會太擔心……就這樣吧，觀音堂那邊你隨後也去交代一下。」

濟生說：「太師祖辛苦了！」

顧君說：「沒事，我先回去了，就這樣吧，你安排完之後，週一早上咱們在那個馬寶山的小寺廟再面談，你到時候跟我講一下這兩天安排，還有什麼後遺症，我們再商討接下來的事宜。」

濟生說：「好的，太師祖，請您小心。」

第七十三章 ❈ 佛的領悟

經過今天的實戰，顧君對於佛法的領悟又邁進了一大步。他初次面對邪惡修行者，更加體會到眾生皆苦的真諦，這令他更為堅定其普渡眾生之決心。

是夜昏昧的夢境中，小和尚再度出現於他的識海裡，小和尚對他說：「小君，今天的經歷會直接影響你的突破。」

顧君接著說：「是啊，我對於法學上的領悟，還有對眾生皆苦的慈悲之心更有深層次的領悟。」

「小君，你知道你下一個階段的突破嗎？」

顧君說：「我心中有一些感悟，而不知是否……」

小和尚說：「你已經非常靠近下一個階段的突破了。菩薩道六階的領悟。我來給你講解一下，你好好聽著。」

小和尚接著說：「我佛經常提及普渡眾生，最希望能幫眾生打開他們的智慧之門，所以我佛指出有兩種智慧，包括：世俗的智慧和超越世俗的智慧。

「世俗的智慧泛指對現實世界、眾生界的瞭解和對應的能力。這些智慧屬於眾生界，可以通過學習和實踐來獲得。它可以幫助人們更好地應對現實生活中的挑戰和困難，同時也能讓人們更深入理解我佛的大教義。

「另外，『般若智慧』，泛指我佛修行的最高境界之一。通過開啟般若智慧，論述萬物真相。深入領悟『般若智慧』的一個核心概念，就是『空』。所謂的『空』，指的是萬物皆無常、無我、無相，因此沒有實體的存在。你之前的『千變萬化』也是由這個概念而衍生出來的法術。當然，它是一個初階的法術，通過『般若智慧』，人們可以深入瞭解萬物的真實本質，逐漸擺脫執著，達至真正解脫。

「還有一智慧名曰：『英明智慧』，它是指人們對我佛教義的深入理解和領悟，是我們修行的必要條件。只有對我佛教義有更深入理解，才能徹底解決眾生的苦難，進而達到真正的解脫。英明智慧是通過研讀、聽取佛經的講解來獲得真正的智慧，而且在日常生活中不斷體悟佛的真義。

「佛陀的『無量智慧』，是我佛超越人類智慧的極高境界，能夠洞見萬物的本質，並且超越時空的限制。無量智慧幫助眾生深入理解宇宙萬物的運行與變化，從而更好地瞭解我佛的道理。我佛指出無量智慧是如來佛祖的智慧，也是我們夢寐以求的境界。這些智慧包括：一切智、道種智和一切種智，都是超越眾生的智慧。

「最後，有所謂『善知識』之智慧，即我們在良師益友的幫助下，經由親身經歷與實踐而獲得之智慧。在修行過程中，『善知識』是至關重要的一環，能幫助我們避免迷失方向，遵從我佛教義，實現對佛法之修行。」

在這個朦朧的夢境中，小和尚向顧君解釋菩薩道六階的真諦，希望他可以將自己的智慧傳授給眾生，達到我佛普渡眾生的願望。

顧君醒來時，他感覺到那種突破的力量，方知夢中已有所突破了。

第七十四章 ❀ 眾生界事故

經過整夜小和尚的教導，顧君領悟到了菩薩道六階。他第二天一早醒來後，迅速穿上校服，跑去馬寶山的小寺廟去會見濟生。

濟生見到顧君後，便問候：「拜見太師祖，早安。」

二人盤膝而坐於靈石旁，共商昨天的事情。

濟生說道：「觀音堂住持與諸長老深感太師祖昨日之助益，非常感激。此外，警察局已將那些歹徒拘捕歸案，經登記身份，並留下案卷，我們亦將其送返觀音堂。鑑於他們具有修行之資質，警方力有未逮，將其委託予我們處置。

「如果他們再犯法，我們將請修行界封鎖他們的修行，甚至可能廢除其修行，並經輪迴重生，受以嚴苛審判。」

顧君說：「哦，這些事情我也是第一次知道……」

濟生續說：「事實上，修行界內部有自身的規矩，而政府部門亦設有專責機構，由修行界人士派遣代表，負責保護政府高官並監視邪惡修行者，同時與正派修行者緊密聯繫。」

顧君點頭回道：「這樣的安排相對可靠，既能夠有修行界的參與，又能夠與現今的政府合作，看來這一套應該是很有智慧的人留下來的管理理念。」

濟生說：「事實上，以前每一個朝代，修行界與官方都有類似的安排，這樣已經延續了好幾千年。」

顧君說：「原來如此，這是非常好的傳統。」

濟生續說：「昨天，我們將兩名邪惡修行者帶回觀音堂，將其囚禁，交由虛生長老審問。虛竹住持也表示，如果您有時間，請再訪觀音堂，希望共同探討修行之道。他們對太師祖您的天資深感讚嘆。」

顧君微笑道：「在他們面前，我未敢言自身修行之高，況且，我現身份隱匿，暫時不宜向他人洩漏真實身份。」

濟生雙手合十說：「太師祖，您說得對。但在修行界中，有些志同道合的人會共同收一位弟子，希望把這個弟子培養成佛門的傳人。

在我佛來講，每個人皆為弟子，所以沒有所謂誰是誰的弟子，因為每一人都是我佛的弟子。」

顧君微笑道：「這話說得有道理……濟生，你尚未突破菩薩道五階，上次受了一次重傷，還有這一次的激戰，對你來說應該有相當的實戰體驗。你可依靠這靈石去領悟，我昨夜已突破至菩薩道六階。」

「阿彌陀佛，太師祖，您真是太厲害了。我未能夠追上您的腳步⋯⋯弟子的修行實在比你落後太多了⋯⋯」

顧君說：「今天，我跟你討論菩薩道五階吧。」

濟生恭敬地對顧君說：「謝謝太師祖的指導。」

顧君繼續盤膝對濟生解釋起菩薩道五階及其感悟。時間飛逝，顧君可以感覺到一個多小時內，濟生的領悟開始慢慢地提升，也察覺到他身體氣息有些微妙的變化。

看來，濟生的突破進度又向前邁進了一大步，顧君跟他說：「濟生，你繼續領悟。明天早上我們還在這裡見面，我再繼續跟你講解菩薩道五階。希望我能趁這次機會幫你一舉突破菩薩道五階和築基五層。」

濟生再次雙手合十說：「是，太師祖，謝謝您。」

他欲跪拜，但被顧君及時扶住，說：「我們之間不需要這些禮節，在我心中，你永遠是我領悟佛真諦的真正戰友！」

言畢，顧君先行返回學校上課，濟生則繼續留在山上領悟佛的真義。

第七十五章 ❈ 學校小插曲

顧君返回學校後，在休息時間遇到了吳展邦。他注意到吳展邦的表情沮喪，顯得十分憂鬱。顧君走近輕拍了拍他的肩膀，關心問道：「你最近怎麼樣啊？」

吳展邦說：「嗯，還好吧……」

「對啊，上週我們的補習課，你怎麼沒來呢？」顧君問道。

吳展邦解釋道：「上週我請了假。」

顧君問：「怎麼請假了？沒事吧？」

吳展邦說：「家裡有些麻煩，所以當天我請假回家……」

顧君繼問：「發生什麼事？沒有太嚴重吧？」

吳展邦說：「我爸爸剛遇上工地意外，左腿骨折，所以我沒有回校上課。」

顧君關切地問：「為什麼會發生這樣的事？傷勢嚴重嗎？現在他如何？」

吳展邦回答：「現在醫生已經在治我爸爸的傷，他正在醫院住院，打著石膏……我爸爸是在工地上工作的……是我們家的經濟支柱！」說完，他不禁淚如泉湧。

顧君問道：「那有什麼我可以幫忙的嗎？等等！你等我一下！」

他跑回班房，打開書包，拿出裡面的零用錢和上次父親給他的一百元，慷慨地遞給吳展邦。

「不用不用……」吳展邦搖頭，把錢還給顧君。

顧君說：「不要客氣！這是我自己省下來的零用錢。我也不怎麼花錢，你先拿著應急，等你日後有能力再還給我。」

顧君深深同情吳展邦，因為他瞭解新移民所面臨的困境。

吳展邦感激地說：「好吧，等父親康復之後，我一定會還給你的。」

顧君說：「告訴我醫院的名字吧，放學後我去看望你父親。」

吳展邦說：「不用了吧……我自己去照顧爸爸就可以了。」

顧君說：「我還是想去看看你父親。」

吳展邦只好告訴了顧君醫院的地址和父親的病床編號。

第七十六章 ❖ 互相幫助

當天顧君放學後，前往父親的公司，看到父親正在努力工作。父親一見到他，注意到顧君臉上的擔憂，便說道：「怎麼了？我們今天回家吃一頓美味的晚餐吧。」

顧君回答說：「我好同學吳展邦的父親因工地意外現正住院治療中，我非常擔心他們父子倆。」

父親從口袋裡拿出一張百元大鈔說：「這裡一百塊錢，替我轉交給你的同學吧！雖然我們家並不富裕，但我認為新移民之間應該互助，共度難關！走吧！我們現在一起去醫院探望他們！」

顧君心中想道：父親的慈悲心是修行佛法的根基。他樂於放下工作，伸出援手給予需要幫助的人，這樣的品格實在難得！我一定要找機會帶他到離島的觀音堂參拜觀世音菩薩，幫助他開始領悟佛法的真義。

父親二話不說，與顧君一同乘坐巴士前往醫院探望吳展邦的父親，在病房外面對顧君說：「我就不進去了，以免他們尷尬。我在外面等你，你進去吧，有什麼需要告訴我，我會想辦法解決。」

顧君走進病房，看到吳展邦坐在病床旁的一張小凳子上，正在照顧躺在床上的父親。吳展邦也馬上介紹了顧君給他父親認識。

吳展邦的爸爸原本想要起身，顧君連忙說：「叔叔，您別動，您的腳受傷了。」

父親對顧君說：「真不好意思，你還拿你的零用錢給我們應急，其實真的不用，但我非常感謝你的幫助。」

顧君說：「沒關係，這是我的零用錢，沒有問題！」

吳展邦的父親一臉慚愧地說：「我這個爸爸真無能，要不是這樣，展邦就不用和我一起受苦了……而且，他媽媽現在還在老家，只有我們兩個人在港島……」

顧君走過去跟吳展邦說：「你過來一下。」

兩人走到室外，顧君把父親交給他的錢塞到吳展邦的手裡，並說：「別讓你父親知道。我爸爸在外面等我，他剛帶我來醫院，擔心我找不到路。我告訴了他情況，他讓我把這錢給你，叫你不要著急，如果家裡還有需要的話，我們一起想辦法。大家應該互相幫忙，但他就不進來了，以免讓你父親尷尬。」

吳展邦說：「顧君，真的謝謝你。」

接著，顧君又走到病床邊，跟吳展邦的父親說：「叔叔，我能摸摸你的斷腿嗎？」

父親笑了笑說：「有什麼好摸的，不就是個石膏嗎？」

顧君說：「我從來沒見過石膏，對石膏的質地感到好奇。」

事實上，顧君暗地裡運轉體內的真氣，去瞭解吳展邦父親斷腿的情況。

確實是骨折，並有肌腱斷裂，顧君運用真氣內氣深入瞭解肌腱斷裂情況，並將骨頭結合並固定，估計一至兩週便能完全康復。

真氣內力的使用可以快速實現自我修復能力，受傷的人幾天後便能完全康復，所以顧君再次願意犧牲自己的功力去幫助同學的父親能儘快康復，這也是他堅持要到醫院的原因。

顧君對吳展邦說：「我要走了，明天學校見。」

吳展邦的父親笑了笑說：「謝謝你，小君，你慢走啊，你自己一個小孩回去行嗎？我讓展邦陪你回去。」

顧君說：「不用，我能夠自己回家。」

「那好吧，小心點，明天學校見。」吳展邦接著說。

當晚，顧君一家共進晚餐時，顧君主動告訴母親今天發生的事情，媽媽讚嘆顧君，並說：「小君，你做得很好！無論他是你的好朋友還是陌生人，我們都要儘量伸出援手，在他人有需要時伸出援手。」

顧君心中感受到母親偉大的佛心，更加下定決心將來一定要帶領父母修行佛法。

顧君點頭說：「是的，謝謝媽媽。我也這麼覺得，但我不希望您和爸爸再為此而更辛苦，我們現在把錢給了他們，經濟上會有些拮据……」

父親馬上說：「小君，這點錢暫時不會影響我們的生活，你不要擔心……如果有需要的話，我還可以和公司商量一下。」

母親續說：「是啊，你不要擔心，你爸爸會處理好的，而且媽媽過幾天就要發薪水了，有好幾百塊錢呢！」

顧君說：「謝謝爸爸媽媽。」

妹妹在旁邊也一直點頭說：「是啊，哥哥，錢的事情就讓爸爸媽媽去操心吧。我們最重要是把功課和學習做好。其他的我們都不用擔心。」

聽到這，全家都忍不住開心地笑了起來。儘管家境並不富裕，但他們在心靈上的快樂和知足比一切都重要！

第七十七章 ❖ 濟生突破

顧君心想：只要我完全參透佛的真義，我就有足夠的能力引領父母進入佛修的世界，以使他們對佛教的理解更加深入。他在心緒煩亂的夜晚陷入了無盡的思考，不知不覺間沉浸在虛幻而奇妙的夢境之中。

小和尚再度前來，與顧君一起深入探討菩薩道六階真諦。顧君醒來後立即前往馬寶山的寺廟，繼續開始領悟佛法。

馬寶山小寺廟門口，濟生看到顧君時站了起來，慰問著：「太師祖，早上好。」

顧君問濟生：「你領悟的怎麼樣？」

濟生說：「感謝太師組的關心和指導。我現在又領悟到一些佛的意義，您能為我指導一下嗎？」

顧君說：「好，你說來聽聽吧！」

濟生開始向顧君分享他對於佛的領悟，顧君也細心地從旁指導他。他閉目沉思，進入了玄妙的突破空間。

顧君感覺到濟生奇經八脈驟變，奔騰瘋狂，但知道濟生目前的功力未必能獨自完成突破，一旦突破失敗將會引致嚴重後果。他毫不猶豫，以雙手抵在濟生背脊，瘋狂運轉自身奇經八脈裡渾混厚真氣內力，輸入進濟生體內。

顧君在濟生的耳邊輕聲說：「你專注配合我輸送進來的內力，運轉你自己的真氣內力去尋求突破，其他的交給我就行了。」

過了大半個小時，顧君把自己體內的真氣內力不斷地輸進濟生的體內，幫助他突破境界。

天色突暗，氛圍寂靜，濟生體內發出「轟！轟！轟！」三聲巨響，他終於突破境界。顧君緩慢地放下雙手，感到身疲氣竭，於是坐在靈石上吸納靈氣，努力補充剛才大量消耗的靈力。

山下學校的鈴聲突然響起，顧君慢慢地張開雙眼，驚見濟生的身體發出了一絲絲的華光。顧君並沒有上前打擾，他悄然背起書囊，施展輕功，一步二十米，不到一分鐘即到校門。

第七十八章 ❖ 快速康復

顧君回到學校後，看到吳展邦忙碌地奔波著。他轉身對顧君說：「顧君，我現在沒時間，我得先向同學請教昨天欠下的功課，我要儘快補交，免得被老師批評。」

顧君說：「好，你先忙。我們一起吃午餐，好不好？我在食堂等你，你還可以善用剩下的時間去完成功課。」

吳展邦說：「好，我們待會見，謝謝你，我先做功課。」

顧君在飯堂買了一個粟米肉粒飯和叉燒鹹蛋飯。當他從遠處看到吳展邦走過來時，顧君馬上站起來向他招手：「喂！吳展邦！我已經幫你買好飯盒！」

吳展邦說：「好，我現在過來。」他想從口袋裡掏錢給顧君。

顧君說：「不用了，今天我請客，你爸爸怎麼樣？」

吳展邦說：「我爸爸說，等他身體好一點，他會立刻還錢給你們。」

顧君說：「我不是問這個啊……你爸爸的恢復情況怎麼樣？」

吳展邦接著說：「我今早去了一趟醫院，醫生告訴我，我爸爸的康復進展神速，現在只需要用拐杖扶著走。雖然他需要倚靠拐杖才能行走，但醫生說，這已經是個奇蹟了，通常爸爸的情況……需要好幾個禮拜甚至一兩個月才能稍微好轉，沒想到過了一個晚上，他就能夠下床了。只要再經過一次超聲波檢查確認傷勢痊癒，他就可以出院了，省去住院的費用。我放學後，會去接他回家。」

顧君說：「今天放學後我陪你去醫院。你可能要扶著你爸爸，我幫你拿行李。」

吳展邦感激道：「謝謝顧君。」

顧君說：「去之前我們先回我爸爸的公司，通知他，否則他會擔心我。」

放學後，顧君和吳展邦一起搭巴士前往港島東部的醫院，去探望吳展邦的父親。

吳展邦的父親說：「小君，你又來啦！」

「是啊，叔叔，我聽說你的病情好轉，今天你可能會出院，所以我來幫忙收拾一下，看看有什麼可以幫忙。」

吳展邦父親接著說：「小君，你真懂事，看來你的家教十分良好。」

顧君接著說：「我們來自農村，爸媽並沒有機會受過教育，他們把所有的錢都省下來供我和妹妹讀書，希望我們將來能有出息。」

吳展邦的爸爸說：「是啊，我也是這麼想。聽說你的成績名列前茅，尤其英文成績更加出色！我希望你和展邦能夠互相扶持。」

顧君說：「沒問題！叔叔，你現在可以出院啊？」

吳展邦的爸爸接著說：「醫生說我康復得很好，可以出院了！我非常感謝你們的幫助，我會儘快還錢給你們。」

顧君說：「沒事，我爸爸說不著急還錢，我們家經濟狀況還不錯。我們回家吧！」

吳展邦的爸爸接著說：「這個醫院……我不想再待這裡！我現在在樓下領取藥物，一起回家。」

顧君說：「我們坐計程車吧，叔叔不宜乘坐巴士。」

這是顧君首次探訪同學的家，兩父子在港島租了一個跟顧君家相似的小房間。雖然新移民的生活甚為艱苦，但是他們互相扶持，這足以體現舊港島守望相助的精神。

第七十九章 ◈ 再遊離島

顧君回到家，立刻向父母講述了吳展邦父親的情況，並表達了對方感激之詞。顧君的父親再次告訴他要轉達給吳展邦，不要急於還錢，希望能保持互助精神。

顧君隨即說：「爸爸，我覺得我不需要補習老師了，我想自己應對期末考試。」

顧君的爸爸看著顧君說：「你確定嗎？」

顧君說：「真的，我覺得自己可以試試，也很想試試看。同時我可以自己教小妹，以教為學的方式去鞏固自己的英文基礎。」

小妹說：「是啊，哥哥真厲害！」

眾人充滿歡笑，決定在這個星期天遊覽離島，並順道參訪觀音廟，履行虔誠佛教徒的責任。同時也是顧君在為父母親尋找一個機緣。

第二天一早，顧君前往馬寶山小寺廟，看到濟生已完全突破並境界逐漸穩定。他對濟生說：「你的氣息不錯，沒有剛突破的不稳。當你突破後，應該繼續吸收靈氣，轉化為真氣內力，以突破築基五層的階段。只有突破的境界更穩固後，我才能傳授『千變萬化』給你。」

濟生說：「謝謝太師祖的出手相助！」

顧君接著說：「沒關係，這是我的責任。對了！我們一家會在這個星期天參觀觀音堂，希望你能與長老們安排一下，找一位和尚帶我父母和小妹去參觀觀音堂，同時向他們傳授一些基本的佛理，並讓他們品嚐幾道齋菜。」

濟生說：「我會盡力安排遊覽的事情。」

顧君續著說：「同時也希望找機會跟長老們一起商談上次的事。」
濟生說：「沒問題，太師祖！我會回去跟他們溝通，我下午會回觀音堂參見他們。」
顧君也說：「不用等到下午了……你現在就走吧。我現在要好好參透一下菩薩道六階的真義，尋求突破的機會。」
濟生說：「遵命，太師祖，那我現在先離開。」
顧君登上靈石，繼續鞏固築基境界。他稍試真氣外放，已能夠跳躍至三十米高，其他修行者只能夠在築基六至七階時，才可達到這個高度。

第八十章 ❈ 父母佛緣

顧君非常期待一家到離島遊玩，所以他一大清早起床，為一家人煮早餐。
顧君對母親說：「媽媽，你快去刷牙，我們吃早飯。爸爸起來了嗎？」
媽媽說：「爸爸正在刷牙！我們早點出發吧。那地方可好玩了！妹妹呢？」

顧君說：「她還在睡呢，她老是那麼貪睡。」

顧君走到妹妹的牀邊，在她的耳邊輕聲細語地說：「我們要出發了，你繼續睡吧！」妹妹馬上坐了起來，說：「哥你真壞！你沒叫醒我……想自己出去玩。」一家人一起樂也融融地吃早餐，一起前往碼頭搭船。

航程持續了大半個小時，他們終於到達了離島，微風拂面，陽光溫暖，讓人心情愉悅。顧君輕鬆熟悉地帶領一家人來到觀音寺門前。

父母看到觀音寺的大門，立刻跪下行三拜之禮，進入寺廟。顧君一眼看到濟生，旁邊還站著一位小和尚，顧君向他們打招呼。濟生及小和尚雙掌合十打招呼，並問顧君：「歡迎你們到來！顧君，這是你的父母嗎？」

顧君接著相互介紹說：「濟生師父，這是我的父母。爸爸媽媽，這是濟生師父，他今天來接待我們。」

顧君的父母擔心地問：「我們會不會為濟生師父增添麻煩呢？」

濟生合掌回答：「不會的，事實上上次顧君和眾多師生一起來的時候……我們就覺得他與佛非常有緣，我們還促膝長談，談論有關佛的意義。」

顧君的父母非常驚訝，簡直不敢相信自己的兒子與佛有緣。旁邊的小和尚說：「濟生師父，請問您有什麼指示嗎？」

濟生回答：「你帶領這位顧施主、顧媽媽和顧小妹，安排他們到寺院參觀，顧媽媽想燒香拜佛，你也幫她安排一下。」

顧君跟爸媽說：「爸媽，我上次來的時候，這裡的住持說我很有佛性，說我適合修佛……但這不是出家，所以你們放心，他認為我可以在這裡靜心地學佛的真理，對我將來本性的修養有積極的作用。」

顧君的媽媽說：「哦，那是好事，只要不給人家添麻煩就沒問題！」

顧君擦了抹汗，終於糊弄了過去，說：「爸爸媽媽，你們先到處遊覽一下。」濟生對著旁邊的小和尚說：「你負責帶他們到處參觀一下。」

小和尚答道：「是，濟生師父。」

濟生接著就跟顧君說：「顧君施主，請你跟隨我。住持和長老們在等著你呢！」

顧君跟爸媽說：「您們先去玩，我去拜見住持。對了，爸爸媽媽，我們中午在這裡吃齋菜，好不好啊？」

顧君的媽媽馬上說：「好呀，但是這不會給人家添麻煩嗎？需要付費嗎？」

濟生馬上回答：「顧施主是客人，不用客氣。我和顧君很有緣分，我已經安排好了，今天大家會在觀音堂吃個簡單的齋菜。如果你們不介意，我會安排。」

媽媽說：「在佛門吃齋菜啊！我們真是三生有福啊！」

濟生接著說：「顧施主，這是佛的安排。我先帶顧君跟住持和長老們打個招呼吧。好吧，顧君，咱們走吧。」

顧君的父母再三叮囑說：「小君啊，你別惹壞了住持跟長老們啊，要有禮貌，知道嗎？」

顧君點頭說：「知道了爸媽，放心吧！上次聊得很愉快，他們知道我對佛法很有興趣。等我們吃午飯的時候再和他們聊聊，爸媽可能也會對這個有興趣呢！」

媽媽接著說：「我沒有福氣修佛……」

顧君的父親也說：「我每天在忙著賺錢呢……」

濟生師父笑了笑，跟身旁的小和尚說：「你帶著他們去逛逛吧，我先跟顧君施主進去小院子。」

其實，顧君父母非常希望燒香拜佛，祈求佛祖能夠保佑家宅平安。

（上篇完）

君臨龘下

雙木王 著

| 書名 | 《君臨龘下》（套裝版）
| 作者 | 雙木王
| 編輯 | 青森文化編輯組
| 設計 | 小露寶、Spacey Ho
| 出版 | 紅出版（青森文化）
地址：香港灣仔道 133 號卓凌中心 11 樓
出版計劃查詢電話：(852) 2540 7517
電郵：editor@red-publish.com
網址：http://www.red-publish.com
| 香港總經銷 | 聯合新零售（香港）有限公司
| 台灣總經銷 | 貿騰發賣股份有限公司
地址：新北市中和區立德街 136 號 6 樓
(886) 2-8227-5988
http://www.namode.com
| 出版日期 | 2024 年 4 月
| 圖書分類 | 流行讀物／小說
| ISBN | 978-988-8868-45-2
| 定價 | 港幣 138 元正／新台幣 550 圓正